Erich Weidinger (Hg.)

Stärker als die Angst

Erich Weidinger (Hg.)

Stärker als die Angst

10 Kurz-Krimis

Obelisk Verlag

Inhalt

BEATE MAXIAN

Die Geheimbotschaft

Es war stockdunkel im Park. Nicht einmal das Mondlicht drang durch die dichten, mannshohen Bäume, die den Weg säumten. Fabian hatte sich ins Unterholz geschlagen, presste sich fest gegen einen Baumstamm, versuchte so flach wie möglich zu atmen. Es gelang ihm kaum, solche Angst hatte er.

Kein Geräusch machen. Doch das Blut pochte in Fabians Schläfen, sein Herz hämmerte und seine Hände zitterten, als wollte sein Körper sämtliche Knochen aus ihm herausbeuteln.

Als er glaubte, seine Verfolger abgehängt zu haben, streifte ein Lichtkegel den Baum, hinter dem er stand. Verflucht! Er wusste, seine Jäger hatten Pistolen, waren demnach brandgefährlich. Er musste abhauen! Sofort! Doch wenn er jetzt weglief, würden sie ihn sofort aufspüren. Verdammter Zettel! Hätte er doch nur auf Lena gehört und ihn unter dem Stein liegen gelassen. Aber nein: „Eine Geheimbotschaft“, hatte er gelacht und das Papier eingesteckt. Und dann war er auch noch so blöd gewesen, nachzusehen, ob tatsächlich eine dunkle Limousine um 23 Uhr auf dem Parkplatz am Ende des Parks unterhalb des Schlosses auftauchte.

Das hatte er nun davon. Er rutschte mit dem Rücken am Baumstamm nach unten, kroch auf allen vieren weg. Schweißgebadet vor Angst, schlich er zurück zu seinem Quartier.

Die Tage in der Talente-Akademie hätten einfach nur Spaß machen sollen. Ein Krimiworkshop mit einer Schriftstellerin stand auf dem Programm. Fabian war sehr gut in Deutsch, und deshalb hatte sein Lehrer diesen Workshop vorgeschlagen.

Die Seminarräume befanden sich im obersten Stockwerk des alten Schlosses am Traunsee. Ebenso zwei Schlafzimmer. Die anderen Teilnehmer und die Kursleiterin schliefen im ehemaligen Gärtnerhäuschen. Dort war auch das Büro der Akademie untergebracht. Ein schmaler Waldweg führte durch den parkähnlichen Garten von Gebäude zu Gebäude. Tagsüber hatte man einen traumhaften Blick auf den Traunsee und die Berge. Aber das nutzte ihm jetzt auch nichts.

Komm schon, du bist doch kein Feigling!

Endlich erschien das Gärtnerhäuschen in seinem

Blickfeld. Die Gauner dicht hinter ihm. Er sprintete los. Auch in Sport war er gut.

Lass die Tür offen sein. Bitte lass die Tür offen sein.

Er hoffte, dass niemand die von ihm heimlich geöffnete Haustür entdeckt und wieder versperrt hatte. Das wäre sein … ja, was genau wäre das? Sein Tod? Würden die Männer ihn erschießen? Fabian hechtete die wenigen Steinstufen nach oben, seine Hand legte sich auf die Klinke, drückte nach unten. Die Tür sprang auf. Er zwängte sich in den Vorraum, drehte augenblicklich den Schlüssel im Schloss um und sank erschöpft zu Boden. Danke, murmelte er tonlos. Danke. Danke. Danke.

Dann rappelte er sich auf und sah aus dem Fenster. Er blickte direkt in zwei Augen. Zu Tode erschrocken, prallte er zurück. Sein Kopf knallte gegen die Bürotür. Die Klinke der Eingangstür bewegte sich nach unten. Fabian hielt die Luft an. Was sollte er jetzt tun? Laut um Hilfe schreien? Die Klinke schnallte zurück. Dann hörte er Schritte. Die Männer gingen weg.

So schnell er konnte, schlich er die Stiegen hinauf in das Zimmer, das er sich mit seinem Freund Sebastian und Georg teilte. Georg hatten sie hier kennen gelernt und beschlossen, ihn nicht zu mögen. Er kam aus reichem Haus, reiste sogar mit eigenem Chauffeur an. Was für ein aufgeblasener Gimpel.

Im Zimmer empfing ihn gleichmäßiges Atmen. Fabian schlüpfte unter die Decke und horchte noch einmal nach verdächtigen Geräuschen. Doch das Haus schwieg. In dem Moment bemerkte er, dass Georg nicht in seinem Bett lag. Fabian drehte sich um. Was ging ihn an, wo sich der Angeber herumtrieb. Doch der Gedanke ließ ihn nicht los. Was, wenn auch Georg das Haus verlassen hatte? Fabian hatte die Tür zugesperrt. Er schlug die Decke zurück und schlich wieder zur Haustür. Vorsichtig sah er durch das Fenster nach draußen. Keine Taschenlampen. Keine Männer. Behutsam öffnete er die Tür, machte einen Schritt nach draußen.

„Was machst du hier?“

Fabian wirbelte herum. „Mein Gott, Sebastian! Hast du mich jetzt erschreckt.“

„Was ist denn mit dir passiert?“, fragte sein Freund. „Schaust aus, als wärst du gegen einen Baum gelaufen.“

Instinktiv griff Fabian sich ins Gesicht. „Kannst du ein Geheimnis für dich behalten?“ Und er erzählte von den Männern in dunklen Lederjacken, die ihn durch das Waldstück gehetzt und Waffen getragen hatten.

„Weil auf dem Zettel stand, dass auf dem Parkplatz eine schwarze Limousine wartet, bist du mitten in der Nacht durch den Park gelaufen?“ Sebastian war fassungslos.

„Ich hab dir doch gesagt, dass es eine Scheißidee ist, den Zettel aus dem Versteck zu nehmen“, zischte Lena. Die Jungen hatten sie nicht kommen gehört. „Hast du dich mit einer Wildkatze angelegt, oder warum schaust du so aus?“

Fabian seufzte. „Ich bin durchs Unterholz gekrochen.“

„Weil?“

„Weil ich Angst hatte, dass sie mich auf dem Weg einholen. Die Männer haben auf jemanden gewartet.“

„Der- oder diejenige ist aber nicht gekommen, weil du Schlaumeier ja die Nachricht, die für ihn oder sie bestimmt war, an dich genommen hast?“

Fabian nickte nur. „Kommt endlich wieder ins Haus. Mir ist kalt“, antwortete Lena lakonisch.

„Jedenfalls konnte ich die beiden belauschen“, flüsterte Fabian, während er die Haustür erneut hinter sich schloss. „Zuerst haben sie geschimpft, weil der, auf den sie gewartet haben, nicht gekommen ist.“

„Hättest ja hingehen können und denen sagen, dass es deine Schuld ist“, schlug Lena breit grinsend vor. Fabian bedachte sie mit einem genervten Blick.

„Die haben irgendwas von einem Kerl gefaselt, der etwas liefern hätte sollen und einem Überfall oder so … dann haben sie mich entdeckt, ihre Pistolen gezogen und sind mir nachgelaufen.“

Niemand sagte ein Wort. Dann lachte Lena leise. „So ein Blödsinn. Wer überfällt eine Schule? Da hast du uns ja ordentlich drangekriegt.“

„Nein, Lena.“ Fabians Blick wanderte zu Sebastian. „So glaubt mir doch! Irgendetwas geht da draußen vor sich." Erst jetzt fiel ihm auf, dass Sebastian keinen Pyjama, sondern Jeans und einen Pullover trug.

„Ich wollte euch gerade suchen", sagte Sebastian, als habe er Fabians Gedanken erraten. „Georg ist nämlich auch nicht in seinem Bett", erklärte er Lena.

„Wir müssen Erika wecken", schlug Lena vor.

Fabian wurde blass. „Warum?"

„Weil Georg weg ist, da draußen Männer mit Waffen herumlaufen und sie die Kursleiterin ist!"

„Aber wenn sie erfährt, dass ich nachts draußen war, schickt sie mich nach Hause."

„Wir behaupten, dass du ein verdächtiges Geräusch gehört hast und nachsehen wolltest, die Männer gesehen hast und Georg verschwunden ist."

„Das klingt wie eine Geschichte, die wir uns ausdenken sollten", sagte Sebastian. Am Vortag hatten sie beim Workshop vieles über den Spannungsbogen in Kriminalromanen erfahren und unterschiedliche Motive von Verbrechen besprochen. Danach hatten sie begonnen, selbst einen Kurz-Krimi zu schreiben. „Außerdem wissen wir nicht, ob überhaupt etwas passiert ist", argumentierte Fabian. „Vielleicht macht Georg im Park einen Nachtspaziergang."

Die anderen sahen ihn skeptisch an.

„Und wenn doch etwas passiert ist und wir jetzt alle wecken, vergeht wertvolle Zeit", fuhr Fabian fort. „Zeit, die wir nutzen könnten, um nach Georg zu suchen."

Lena tippte sich an die Stirn. „Da draußen laufen Männer mit Pistolen herum."

„Die erwischen uns nicht." In Sebastians Augen loderte plötzlich Abenteuerlust. Lena sah von einem zum anderen und willigte schließlich seufzend ein. Fabian und Sebastian holten ihre Taschenlampen und Lena den Reserveschlüssel. „Wir können das Gärtnerhäuschen doch nicht einfach offen stehen lassen", meinte sie.

Im Waldstück empfing sie gespenstische Dunkelheit. „Wir schalten die Taschenlampen nur ein, wenn es absolut notwendig ist", flüsterte Fabian. „Das Licht verrät uns sonst."

So stolperten sie über das Wurzelwerk zurück Richtung Parkplatz. Dort fehlte von den Männern jede Spur. Auch die Limousine war verschwunden. Lena atmete erleichtert auf. „Vielleicht waren es doch keine Verbrecher? Lasst uns zurück zum Gärtnerhäuschen gehen!"

„Erst, wenn wir Georg gefunden haben", widersprach Fabian.

In dem Moment leuchtete ein Lichtkegel hinter einem Fenster im Schloss auf.

„Da ist jemand im Festsaal", stellte Sebastian fest. „Vielleicht sind das ja die Männer?"

„Und wie sind die dort reingekommen?", fragte Lena. „Das Schloss ist nachts zugesperrt."

„Möglicherweise über die Terrassentür“, grübelte Fabian. „Wir müssen rausfinden, was sie vorhaben. Du hast den Reserveschlüssel, Lena. Damit kannst du doch die Tür aufsperren, die zu den Garderoben und dem Computerraum im Keller führt.“

„Wollen wir nicht doch lieber Erika wecken?“, fragte Lena. „Ich meine, das hat doch alles nichts mehr mit der Suche nach Georg zu tun, oder?“ Die Burschen antworteten nicht, sie waren schon auf dem Weg zum Schloss.

Wenige Minuten später schlichen sie wortlos die Steinstufen vom Keller hinauf ins Erdgeschoss. Als sie in der Nähe des Festsaales waren, hörten sie Stimmen. Fabian streckte Zeige-, Mittelfinger und Daumen in die Luft. Die anderen nickten: Es musste sich um drei Männer handeln. Fabian winkte sie weiter. Die Seitentür zum Festsaal stand offen. Die drei Freunde lugten durch den Türspalt.

„Die Nachricht lag unter besagtem Stein.“ Der Mann stand mit dem Rücken zu Fabian. Er hatte sich drohend vor einem Stuhl aufgebaut, auf dem ein anderer Mann saß. „Wir könnten die Sache schon längst erledigt haben, wenn du nicht versagt hättest. Oder wolltest du uns etwa linken?“ Mit einer raschen Handbewegung zog er die Pistole und hielt sie dem anderen an die Schläfe.

In dem Moment erkannte Fabian den Bedrohten.

Er zuckte heftig zurück, traf mit seinem Ellbogen Sebastians Brustkorb. Der schnappte nach Luft. Lena legte ihm die Hand auf den Mund und sah Fabian eindringlich an.

„Was ist los?“, fragte ihr Blick.

„Das auf dem Stuhl ist Georgs Chauffeur“, flüsterte Fabian.

„Dort lag aber keine Nachricht“, kam es weinerlich aus dem Saal. „Sonst wäre ich doch gekommen und hätte ihn euch übergeben. Je schneller ich das Kind loswerde, umso besser für mich.“

Die Nachricht unter dem Stein hatte also Georgs Chauffeur gegolten. Aber warum?

„Du kannst dich später um ihn kümmern“, hörten sie die Stimme des dritten Mannes im Saal. „Wir müssen ihn jetzt so schnell wie möglich wegschaffen.“

„Zeig uns, wo du ihn versteckt hast!“ Wieder die bedrohliche Stimme. Dann Schritte. Sie kamen auf die Tür zu. So schnell und leise wie möglich liefen die drei den Gang zurück, vorbei am Atrium Richtung Klo.

„Die haben Georg entführt“, sagte Fabian, als sie die Mädchentoilette erreicht hatten.

„Und Georgs Fahrer ist mit von der Partie. Er muss ihn irgendwo hier im Schloss versteckt halten“, mutmaßte Sebastian.

„Aber wo? Hier gibt es außer Klassen- und Schlafräumen nicht viele Möglichkeiten“, schränkte Lena ein.

„Die Klassen stehen nachts leer“, meinte Fabian. „Im Schloss sind nur die Krimiautorin und vier Workshop-Teilnehmer. Die schlafen im obersten Stockwerk ganz hinten, bekommen also sicher nicht mit, was sich hier unten abspielt.“

„Du willst jetzt aber nicht alle Räume durchsuchen?“, fragte Lena. „Die drei holen nämlich in diesem Moment Georg. Bis wir das Versteck gefunden haben, sind die schon über alle Berge mit ihm.“

„Du hast recht. Hast du dein Taschenmesser eingesteckt?“, fragte Fabian Sebastian.

„Immer, warum?“

„Irgendwo muss dieses verfluchte Auto stehen. Wir müssen verhindern, dass sie mit Georg wegfahren. Es dauert zu lange, die Luft aus den Reifen zu lassen. Du musst sie aufstechen.“

Im Freien hechteten die drei weiter zum großen Parkplatz vor dem Schloss. „Ich hoffe, der blöde Wagen steht jetzt dort, sonst ist Georg verloren“, keuchte Fabian. An der Ecke blieb er abrupt stehen. Lena lief in ihn hinein. „Hey!“

Fabian wandte sich um, hielt ihr den Mund zu. „Da steht das Auto!“ Sebastian sah zurück zur Eingangstür. „Wie viel Zeit bleibt mir?“

Fabian seufzte. „Wahrscheinlich keine zwei Minuten.“

„Na dann los!“ Geduckt lief Sebastian auf den Wagen zu. Er rammte das Messer in den ersten Reifen, dann in den zweiten. Gerade als er das Messer in den dritten Reifen stoßen wollte, tauchten die Männer mit Georg auf. Fabian erkannte ihren Zimmergenossen nur an seiner Kleidung, seinen Kopf bedeckte ein schwarzer Sack. Die Entführer stießen ihn unsanft vor sich her. Der Chauffeur war nicht bei ihnen. Lena sah Fabian aus schreckgeweiteten Augen an. Ihre Lippen formten lautlos ihrer beider Gedanken: „Sie haben ihn erschossen."

Sebastian war inzwischen auf der anderen Seite des Wagens verschwunden. Lena umfasste Fabians Unterarm und drückte schmerzhaft zu. In ihren Augen stand blankes Entsetzen. Angst um Sebastian. Angst um Georg. Angst um sie vier.

In dem Moment löste sich ein dunkler Schatten vom Wagen und verschwand in dem schmalen Waldstück Richtung Gärtnerhäuschen.

„Lauf auch du zurück und weck Erika", flüsterte Fabian. „Ich ruf die Polizei. Mit etwas Glück sind die gleich hier."

„Habt ihr kleinen Scheißer tatsächlich geglaubt, wir hätten euch nicht bemerkt?" Fabian und Lena wirbelten herum. Vor ihnen stand Georgs Chauffeur. Er zielte mit einer Pistole auf sie. „Los jetzt! Zum Auto!", befahl er.

Die beiden erhoben sich mühsam. Auf dem Weg stieß der Chauffeur ihnen immer wieder die Pistole in den Rücken. In dem Moment stellte sich Fabian eine Frage, die ihm vorher leider nicht eingefallen war: Überschlug sich ein Fahrzeug, wenn es mit kaputten Reifen über die Straße jagte? Denn genau das würden die Männer jetzt tun: Über die Bundesstraße rasen. So schnell wie möglich abhauen.

Als sie beim Auto ankamen, saß Georg bereits auf dem Rücksitz, den Sack noch immer über dem Kopf. Während die Männer sie fesselten und knebelten, besprachen sie leise, wie man die Jugendlichen so schnell wie möglich loswerden konnte. Erschießen in einem Waldstück, stand ganz oben auf der Liste. Dann wurden Lena und Fabian in den Kofferraum gestoßen und der Deckel zugeschlagen. Fabian hörte Lena weinen. Auch er hätte am liebsten geweint. Der Wagen setzte sich schwerfällig in Bewegung. War jetzt alles vorbei?

Sebastian, dachte Fabian. Er war ihre letzte Hoffnung. Hatte er überhaupt mitbekommen, dass die Männer sie erwischt hatten?

In dem Moment blieb der Wagen stehen. Geschrei. Fabian spürte, wie Lena zusammenzuckte. Waren sie schon in dem Waldstück, wo sie erschossen werden sollten? Sollte er versuchen, mit den Füßen nach ihren Entführern zu treten, sobald der Kofferraumdeckel geöffnet wurde?

Der Deckel wurde tatsächlich hochgerissen, der Strahl einer Taschenlampe blendete sie.

Ich bin tot.

Stimmen. Viele. „Es ist alles gut."

In dem Moment begriff Fabian, dass ein Polizist in den Kofferraum leuchtete. Benommen kletterte Fabian aus dem Wagen. Sie standen vor der Einfahrt zum Schulgelände. Ein Polizeiauto hatte sich quergestellt. Ein Rettungsauto mit Blaulicht stand in der Einfahrt, und rundherum scharten sich die anderen Kursteilnehmer in Schlafanzügen und Jacken.

„Sehr viel weiter wären die Kerle nicht gekommen", sagte der Polizist und zeigte grinsend auf die kaputten Reifen. Sebastian kam mit Erika auf sie zu. Sie umarmten sich. Die Gauner wurden im Polizeiauto weggebracht.

EVA ROSSMANN

Nina kämpft

Ab heute bin ich für mein Leben verantwortlich, denkt Nina. Sie sitzt auf der blauen Couch und tritt mit der Fußspitze gegen den Schreibtisch. Sie können mich alle. Ich entscheide. Ich rege mich nicht mehr auf über sie. Sie haben keine Ahnung von mir. Ich bleibe da und bin trotzdem weg.

Wie sie es hasst, wenn sie ihr Vater „mein Mädchen" nennt. Nie kann er sie ernst nehmen. Einfach akzeptieren. Nina, dreizehn, brünette Haare, gut in der Schule und zu dick. Findet sie. Ihre Mutter sagt, Röcke gingen bei ihrer Figur gar nicht. Die ist dünn. Sie isst aber auch nie etwas. Weil sie offenbar gegen alles allergisch ist.

Vor kurzem hat Nina einen Streit ihrer Eltern belauscht. „Du bist allergisch gegen das Leben!", hat ihr Vater gerufen. Immer liegt er nicht daneben. Nur meistens. Wie gerade eben. Wer bitte schafft es mit dreizehn, Songtexte an eine Agentur zu schicken, und sie werden akzeptiert? Statt sich mit ihr zu freuen, glaubt Vater, dass sie auf Abzocker hineingefallen sei. Dabei ist im Vertrag gar nicht davon die Rede, dass sie zahlen muss. Ganz im Gegenteil: Wenn die Songtexte genommen werden, bekommt sie etwas. Einfach. Klar. Aber nicht für ihren Vater. Der traut ihr einfach nichts zu. Ab heute wird alles anders, das schwört sich Nina. Sie wird über den Dingen stehen. Weil sie sie ist. Nina wischt sich eine Träne aus dem Augenwinkel. Und so dumm weinen wird sie auch nicht mehr.

Am nächsten Morgen trödelt sie Richtung Schule. Auch so etwas. In anderen Ländern fängt die Schule um neun an. In Österreich um halb acht. Kein Wunder, dass alle müde sind. Nina sieht sich um. Celina ist wieder einmal nicht da. Vielleicht wird sie von ihrem Vater gefahren. Der ist Taxifahrer. Ein praktischer Beruf. Wenn man nichts trinkt. Das tut Celinas Vater nicht, er ist Moslem. Er lacht viel und ist freundlich, und alle sagen: „Solche Türken gibt es auch!“ Als ob es wichtig wäre, dass er Türke ist. „Huhu!“

Nina fährt herum. Na super. Gaby und Celina. Eingehängt. Was Celina an dieser blöden Kuh findet. Nur weil Gaby in einer Villa wohnt, macht sie das auch nicht zum Superstar. Celina soll bloß aufpassen. Gaby tut alles, um im Mittelpunkt zu stehen. Wie sie sich die Nägel lackiert und mit affigen Blumen und Strasssteinchen beklebt. Sie sagt, das macht die Maniküre ihrer Mutter. Zum Lachen! Sie sitzt sicher am Nachmittag da und pickt sich die Teile mit Superkleber an. Blöd genug ist sie dazu.

„Hö, Süße", flötet Gaby in ihre Richtung. „Siehst nach Weltuntergang aus!" Celina lacht mit.

„Nur wenn ich dich sehe", knurrt Nina und ärgert sich, dass ihr nichts Besseres eingefallen ist. „Wir sehen uns am Nachmittag", sagt sie möglichst ausdruckslos Richtung Celina und beschleunigt. Kein Grund, neben den Tussis herzulaufen.

„Geht nicht", sagt Celina.

„Wir haben am Wochenende Match!"

„Fuck Basketball", mischt sich Gaby ein. „Wir haben ein Date."

„Einen Schuss habt ihr! Glaubt ihr, ich weiß nicht, dass ihr zu dem Typen ins Auto gestiegen seid? Wie bescheuert kann man sein?"

„Glaubst wohl noch ans Märchen vom bösen schwarzen Mann, was?", kichert Gaby.

„Er ist total okay", beschwichtigt Celina. „Er lädt uns ins Café ein und wir erzählen ihm, wie wir leben."

„Na klar. Das interessiert so einen im BMW brennend, wie wir leben!"

„Wie WIR leben interessiert ihn. Von dir war keine Rede", zischt Gaby.

„Er ist Autor. Er schreibt ein Buch." Und warum sieht Celina zu Boden, während sie das sagt?

„Macht doch, was ihr wollt!" Nina stürmt davon.

„Ist doch nur, weil du keinen abkriegst. Du hast keine Ahnung von Männern! Und wehe, wenn du jemandem was erzählst! Dann bist du dran! Ich hab Beziehungen", ruft Gaby ihr nach.

Warum Celina mit so einer zusammen sein will? Zu blöd, um irgendwas zu begreifen. Und das mit den Männern ist totaler Schwachsinn, denkt Nina. Wer weiß, ob die überhaupt schon einer geküsst hat. Bei ihr war es David. Auch wenn es, ehrlich gestanden, schon etwas unangenehm war. Wie der mit seiner Zunge in ihrem Mund herumgewühlt hat. Und sie an den Baum gedrängt hat. Aber das gehört wohl dazu. Ein Glück, dass er mit seinen Eltern kurz darauf weggezogen ist.

Peter. Für den würde sie schon viel tun. Aber der ist siebzehn und bemerkt sie kaum. Auch wenn sie im selben Verein Basketball spielen. Für ihn hat sie auch die meisten ihrer Lieder geschrieben. Die denen von der Agentur so gut gefallen haben. Vor drei Wochen hat Peter ihr einen Schneeball an die Stirn geworfen. Da war Eis dabei, sie hat zu bluten begonnen, und Peter ist hergekommen und war ganz besorgt. Nina fährt mit dem Zeigefinger über die verschorfte Wunde. Sie hat sie immer wieder aufgekratzt. Wenn sie schon sonst nichts von Peter hat, zumindest eine Narbe soll ihr von ihm bleiben.

Am Nachmittag versteckt sich Nina hinter dem Bus des Schulwarts. Der steht etwas abseits, genau dort, wo die Seitenstraße endet. Sie will sehen, ob Gaby und Celina wieder diesen Typen treffen. Vielleicht war es ja auch nur ein Verwandter, der sie einmal mitgenommen hat, und jetzt geben sie damit an. Vielleicht ist es aber auch ein Perverser. Ein Mädchenmörder. Und die Kühe rennen ins Unglück.

Da kommen sie. Kichernd und eingehängt. Beide sind sie deutlich sichtbar geschminkt. Deswegen hat es auch gedauert, bis sie aus der Schule gekommen sind. Weißer BMW. Tatsächlich. Gaby winkt. Leider kann Nina den Mann nicht genau sehen. Jung ist der nicht mehr. Mindestens dreißig. Vielleicht noch älter.

Ihr Herz klopft. Sie packt ihr Handy. Es steht auf Video. Sie ist vorbereitet. Sie muss die Autonummer aufnehmen. Ihre Hände sind schweißnass. Konzentrier dich, Nina! Und schon hüpfen die beiden in den Wagen und sind weg. Als wäre das ganz normal.

Daheim überspielt Nina das Video auf den Laptop. Zum Glück ist Mam nicht daheim. Sie arbeitet halbtags in einem Schuhgeschäft. Urpeinlich, wenn sie vor den anderen auf dem Boden herumkriecht und ihnen Schuhe anzieht. Dabei hat sie immerhin Matura. Und eine Top-Sekretärinnenausbildung. Sie sagt, sie wäre wegen Nina zu lange aus der Anwaltskanzlei weg. Also hat sie einen schlechteren Job nehmen müssen. Als ob sie ihr befohlen hätte, daheim zu bleiben. Celina ist schon in der Volksschule sehr gut allein zurechtgekommen. Gemütlich war es bei ihr, so ohne Kontrolle und Zwischenrufe.

Leider ist auf dem Video nicht viel zu sehen. Klarerweise hat sie zu Weihnachten nicht das Smartphone gekriegt, das sie sich gewünscht hat. Sondern eines mit einer deutlich mieseren Kamera. Aber mit einigem Hin und Her kann sie dann doch die Autonummer entziffern. Der Mann im Wagen trägt eine Kappe. Wie ein Chauffeur. Oder einer, der nicht erkannt werden möchte. Machen kann sie damit wenig. Aber immerhin. Sie hat Informationen. Außerdem ist es höchste Zeit für das Basketball-Training.

Celina war nicht da. Dabei ist sie sonst wirklich verlässlich. Gaby ist kein guter Umgang für sie. Klingt nach alter Tante, denkt Nina. Aber es ist wahr. Andererseits: Sie muss ja nicht. Ist ihr doch egal, was Celina tut. Nina geht an der Hinterseite der Turnhalle entlang. Da ist es zwar finster, aber so ist der Weg zur U-Bahn deutlich kürzer. Mühsam, dass sie zum Training durch die halbe Stadt fahren muss. Dafür hat sie die Trainerin fürs nächste Match als Mannschaftskapitänin eingeteilt. Wenn sie ein Basketball-Star ist, wird sie keine Zeit mehr für Celina haben. Pech gehabt, Kleine.

Da ist jemand hinter ihr. Seltsam, den Weg nehmen sonst nur Lisa und Suno, aber die sind abgeholt worden. Na gut. Auch andere wissen, dass es die Abkürzung gibt.

Besser nicht umdrehen. Für alle Fälle. Lieber so tun, als wäre da nichts.

Die Schritte kommen näher. Scheinen sich wieder ein wenig zu entfernen. Jetzt wirft Nina einen raschen Blick zurück. Da ist keiner. Das gibt es doch nicht. Sie hat die Hausecke erreicht. Von da geht es über einen Parkplatz zur Straße, und dort ist die U-Bahn-Station.

Nina wischt ums Eck und drückt sich an die Wand. Ihr Herz klopft, als wäre es eine dieser Riesenbassboxen. Wumm. Wumm. Ein vorsichtiger Blick um die Mauerkante. Niemand. Aber bei der Hintertür könnte jemand lauern. Sie hat Schritte gehört. Eindeutig. Trotzdem keiner zu sehen. Das kann nur eines heißen: Jemand verfolgt sie. Und will sie überraschen.

Wer? Der Mann im BMW? Vielleicht haben die beiden von ihr erzählt? Er kann niemanden brauchen, der seine Autonummer kennt. Er hat die beiden vergewaltigt und ermordet – und jetzt ist sie dran. Die Zeugin. Oder zumindest fast. Er wird sie foltern. Nackt ausziehen und dann mit dieser Kettensäge kommen …

Scheiße, denkt Nina. Ich hätte mir den Horrorfilm auf Youtube nicht anschauen sollen. Ich packe so etwas nicht. Und jetzt bin ich selbst mitten drin. Wohin fliehen? Am Ende der Seitenmauer der Halle ist ein hoher Zaun. Ich kann nur zurück. Und ihm in die Arme. Ich kann schreien. Aber wer hört mich? Außerdem ist sie nicht sicher, ob sie überhaupt einen Ton herausbringt.

Ihr Hals ist zugeschwollen. Dabei hat er sie noch nicht gewürgt. Und Würgen ist erst der Anfang. Warum muss sie so neugierig sein? Die einzige Chance ist: überall Tarnung suchen, für den Fall, dass er bewaffnet ist. Vielleicht hat ein Auto eine Alarmanlage, die losgeht. Das klingt gut, macht sich Nina Mut. Wenn sie noch lange da steht, fällt sie vor Angst einfach um. Sie holt tief Luft und rennt los.

Okay, das ist etwas anderes als das Zirkeltraining. Sie ist schnell. Sie hat Kraft. Hin zum blauen Pickup, auf die Motorhaube dreschen, aber da rührt sich nichts, nur ihre Hand brennt. Sie kann keinen sehen, in ihren Augen ist Schweiß, weiter! Zum roten Kombi, sie reißt an der Tür, prallt ab, so laut geht die Sirene los. Gut. Das ist gut. Sie will das Auto ja nicht klauen, sondern bloß davonkommen. Weiter zum weißen Punto. Genau so einen fährt ihre Mutter. Noch drei Autos, und dann kommt die Straße und sie … die Tür wird aufgerissen, jemand packt sie am Arm, will sie nach drinnen ziehen. Nina kämpft, sie will schreien, aber da ist nur ein Krächzen, und das geht im wütenden Lärm der Sirene unter.

„Bist du verrückt?“ Schrille Stimme, die sogar die Alarmanlage übertönt. Kein Mann. Nina reißt die Augen auf. Mam. Sie fällt auf den Nebensitz und lässt das Duett von Sirene und Mutter über sich ergehen. Sie ist nur froh. „Fahr! Schnell!“, ruft sie und verriegelt die Tür.

Aber Mam weigert sich. Sie will warten, bis jemand zum roten Kombi kommt. Als ob es darum ginge. Sie begreift wieder einmal gar nichts. Sinnlos, es ihr zu erklären. Moment einmal, was hat sie gesagt? Dass sie Nina abholen wollte und ihr, als sie den Abschneider genommen hat, gefolgt ist? Dass Nina plötzlich verschwunden war und sie zum Wagen gegangen ist, weil dort ihr Handy war und sie Nina anrufen wollte?

Am Abend schwört sich Nina, bei der erstbesten Gelegenheit auszuziehen. Nur dass das mit dreizehn nicht so einfach ist. Vielleicht, wenn ihre Songtexte zu Welthits geworden sind. Aber sie darf ja nicht einmal den Vertrag abschicken. Sie wird es trotzdem tun, heimlich. Das ist klar.

Die stellen sie als Verbrecherin hin, nur weil sie die kluge Idee gehabt hat, beim roten Kombi die Alarmanlage auszulösen. Es war Notwehr. Zumindest hat sie das gedacht. Und wenn ihre Mutter gleich losgefahren wäre, hätte sie niemand gesehen. Aber die musste ja warten. Gerade dass die Polizei sie nicht verhaftet hat. Von Ruhestörung und Sachbeschädigung haben sie geredet, und Nina war einfach nur mehr matsch.

„Ein Glück, dass sie noch ein Kind ist", sagt ihre Mutter zu ihrem Vater. Man glaubt es nicht. Aber es geht noch schlimmer. Sie konfiszieren den Laptop. Weil sie schlafen statt sich Unsinn ansehen soll. Dabei hat sie kein Wort vom Horrorfilm erzählt. Die spionieren sie aus. So weit ist es gekommen.

Am nächsten Tag nimmt Nina das Rad und fährt einen Umweg. Sie will Celina und Gaby gar nicht sehen. Aber das muss sie ohnehin nicht. Weil beide fehlen. Unentschuldigt. Nina schüttelt den Kopf, als die Klassenlehrerin fragt, was los sei. Sie weiß es nicht. Sie hat eine ganz schlimme Vermutung. Aber dann denkt sie an die Sache gestern auf dem Parkplatz. Man kann sich täuschen. Man muss cool bleiben. Überlegen. Und immerhin haben die beiden sie ausgeschlossen. Was hat Gaby gesagt? An ihnen sei der Typ im BMW interessiert, nicht an ihr. Ein Glück. Sie kriegt kaum etwas mit vom Unterricht.

„Where will you be in ten years?“, fragt die Englischprofessorin.

„Far away“, antwortet Nina zerstreut und erntet viele Lacher.

In der großen Pause checkt sie auf Facebook, ob die beiden irgendein Lebenszeichen von sich gegeben haben. Da ist sie auch mit Gaby befreundet. Aber nur da. Die letzten Postings sind schon zwei, drei Tage alt. Celina und Gaby auf einem Selfie vor der Villa. Super. Und trotzdem. Sie muss herausfinden, ob die beiden bloß schwänzen oder ob sie tatsächlich verschwunden sind.

In der Mathematikstunde macht Nina einen Plan. Kein Problem, Mathe ist für sie logisch, und was der Professor erzählt, hat sie begriffen. Nach der Schule radelt sie zum Taxiunternehmen, an dem Celinas Vater beteiligt ist. Sie war schon ein paar Mal da. Garage für zirka zehn Autos, ein Büro mit viel Chaos, eine dicke Frau, die alle Anrufe entgegennimmt und an die Taxifahrer verteilt. Sie isst in einer Tour Gummibärli, und deswegen nennen sie alle auch so.

Celinas Vater ist nicht da. „Du bist die Freundin von Celina, nicht wahr", lächelt einer. Offenbar sind alle, die da arbeiten, freundlich. Nina nickt.

„Wissen Sie, ob es Celina gut geht?"

„Du bist doch mit ihr auf der Schule, oder?"

Dass Ältere nie etwas sagen, sondern immer Gegenfragen stellen müssen. „Sie hat gefehlt. Ich habe gedacht ... vielleicht braucht sie was. Vom Unterrichtsstoff und so."

„Keine Ahnung, Ahmet war heute noch nicht da."

Was immer das jetzt bedeutet. Nina fingert einen Zettel aus der Tasche. „Das ist eine Autonummer. Wiener Kennzeichen. Können Sie herausfinden, wem es gehört?" Das klingt so gut wie in den Fernsehkrimis.

Der Taxifahrer lacht. „Und warum?"

„Vielleicht hat es mit Celina zu tun."

Er wirft ihr einen prüfenden Blick zu, lacht dann wieder. „Wir haben da so unsere Methoden", sagt er verschwörerisch. Nina hat den Verdacht, er nimmt sie nicht ernst. Aber egal, wenn es hilft ...

Und wirklich geht er ins Büro, und nach drei Minuten ist er zurück. „Harry Maurer, Frau Detektivin. Ich hab seine Adresse aufgeschrieben. Aber die kennen viele."

Harry Maurer. Sagt ihr was. Bloß was. Vielleicht hat der Typ ihm ja den BMW geklaut, wäre eigentlich naheliegend. Und Mist.

„Ein Schriftsteller. Schreibt auch Jugendbücher. Ihr solltet alle mehr lesen. Ich lese viel. Im Taxi. Während ich warte."

„Ich steh mehr auf Fantasy. Was schreibt er so?"

„Krimis. Vor allem Krimis."

Vielleicht muss er ja zuerst ausprobieren, was er schreibt. Nina sieht schon die Schlagzeile: Mutige Wienerin entlarvt mörderischen Schriftsteller! „Danke", sagt sie.

„Was hat der mit Celina zu tun?", ruft der Taxifahrer.

„Sie hat mir von ihm erzählt", antwortet Nina und verschwindet durch den Torbogen.

Er wohnt in der Innenstadt. Gleich hinter dem Stephansdom. Eine noble Adresse, würde Mam mit respektvoller Stimme sagen. Als ob die Noblen automatisch gut wären.

Ob sie doch lieber mit der Polizei reden sollte? Sehr witzig. Nach der Sache gestern. Inzwischen sind alle vernetzt, das weiß jedes Kind. Nicht nur über Facebook. Polizeicomputer. Google. Das ganze Internet. Die wissen, dass sie gestern beinahe hops genommen worden wäre. So einer glaubt man nicht.

Eine hohe, alte Eingangstür. Firmenschilder. Wahrscheinlich hat er seine Adresse gefälscht. Nein, da, ganz klein: Harry Maurer. 3. Stock. Nina drückt auf die Klingel. Sie weiß selbst nicht, warum sie das tut. Jetzt gibt es kein Zurück mehr.

Als die Tür summt, zuckt Nina zusammen. Dann atmet sie tief durch und stößt den überdimensionalen braunen Türflügel auf. Niemand hat etwas gesagt. Sie wird in den dritten Stock schleichen und lauschen. Vielleicht hört sie ja unterdrückte Schreie, Winseln, Stöhnen. Wenn Celina und Gaby noch fähig sind, Töne von sich zu geben. – Würden das dann nicht auch andere hören?

Firmenschilder. Wer weiß, ob immer jemand da ist. Nina steigt Stiegen und atmet mit offenem Mund. Im zweiten Stock an der einen Tür ein russischer Name, an der anderen ein großes Messingschild. Fairwell-Import-Export. Was immer das sein soll. Stiegengeländer aus geschmiedetem Gusseisen. Hellgraue Steinstufen.

Lautlos muss sie sich bewegen, darf nicht keuchen. Sie starrt nach oben. Jetzt kann sie die eine Tür sehen. Weiß mit einem großen, silbrigen Schild. Schwarze Buchstaben. Sie kann sie von hier aus nicht lesen, aber Harry Maurer kann nicht darauf stehen. Kein Privater hat so ein Namensschild. Es muss die Tür auf der anderen Seite sein. Noch zwei Stufen nach oben. Jetzt hat sie den Eingang im Blick. Sie zieht den Kopf zurück. Die Tür ist einen Spalt weit offen.

Er will sie in die Falle locken. Celinas Vater. Sie hat keine Nummer von ihm. Sie sollte zurück zum Taxiunternehmen und dort … das könnte zu spät sein. Sie hat es gestern geschafft, sie wird es heute auch schaffen. Okay. Das gestern war ein saudummes Missverständnis. Trotzdem, sie hätte es auch geschafft, wenn sie wirklich verfolgt worden wäre.

Harry Maurer. Er hat es mit Filzstift auf ein Stück Papier geschrieben. Wahrscheinlich, weil er ohnehin dauernd seine Adressen wechselt. Und das Schild unten? War wohl der Hausmeister, der keine Ahnung hat. Nina lauscht. Nichts zu hören. Sie macht drei Schritte zur Tür. Nur einmal durch den Spalt blinzeln. Vorzimmer. Parkettboden. Ein Sessel, auf dem Kleidungsstücke liegen. Sieht nicht aus wie etwas von Celina oder Gaby. Sie öffnet die Tür weiter und ist drin. „Kommen Sie rein, legen Sie die Pizza einfach auf den Esstisch!"

Nina zuckt zusammen. Er hält sie für den Pizzaboten. Oder hat er sich das bloß ausgedacht, um sie zu fangen? Er schreibt Bücher. So einer sollte Phantasie haben. Noch bevor sie eine Entscheidung treffen kann, wird die Tür aufgerissen. Der Typ aus dem Auto starrt sie an. Und sie starrt ihn an. Wie gelähmt. Für einen Augenblick. Dann macht ihr Herz einen Sprung, und sie macht auch einen und rast zur Tür.

„He!", ruft Harry Maurer. „Warte!"

In der Tür hat er sie geschnappt. Sie muss sich blöd stellen. Das ist die einzige Chance. Sie will ein Autogramm. Leute wie er geben Autogramme, sicher. „Bist du nicht aus der Klasse von Celina und Gaby?"

„Ich hätte gerne ein Autogramm."

„Kannst du haben." Der Typ grinst. Was hat das zu bedeuten? Vielleicht heißt Autogramm für ihn etwas ganz anderes.

Auch schon egal. „Celina und Gaby waren heute nicht in der Schule." So. Und jetzt ganz genau beobachten, wie er reagiert. Die Tür hinter ihr ist noch immer offen.

Harry Maurer runzelt die Stirn. „Soll ja vorkommen, dass wer schwänzt, oder?"

„Schon. Aber Celina hat noch nie ..."

„Sie waren gestern bei mir."

Weiß ich doch, du Blödmann, denkt Nina, und es geht ihr gleich besser.

„Sie haben nicht erzählt, dass sie heute etwas vorhaben", überlegt Harry Maurer.

„Kann ein jeder behaupten", entkommt Nina.

„Ich?" Er lacht. „Deswegen schaust du mich mit aufgerissenen Augen an! Ich bin kein Kinderverführer, wenn du das meinst. Ausgerechnet ich!"

„Das sind keine Kinder mehr."

„Oh, sorry. Natürlich nicht. Man redet manchmal dummes Zeug, wenn man selbst schon so alt ist."

Klingt ganz vernünftig, jedenfalls deutlich vernünftiger als ihre Eltern.

„Du sagst, keiner weiß, wo sie sind?"

Nina zuckt mit den Achseln. So genau kann sie das

nicht sagen. Und sie soll sich von dem da nicht einlullen lassen. „Sie haben sie abgeschleppt."

„Quatsch. Ich hab sie im Auto mitgenommen, weil ich mit ihnen reden wollte. Euer Klassenvorstand weiß davon."

Das kann gelogen sein. Oder die beiden Tussis haben es ihr nicht erzählt, weil es dann viel weniger spektakulär ist, von einem im BMW mitgenommen zu werden.

„Peter weiß, dass ich hier bin." Schön wär's. Aber es klingt gut. Und beruhigt.

„Kann er auch. Aber wo sind die beiden?"

Und was, wenn sie doch auf dem falschen Dampfer ist und Gaby Celina überzeugt hat, blau zu machen?

„Facebook", sagt Nina.

„Eine gute Idee. Sehen wir nach, ob sie sich gemeldet haben. Komm mit."

Nina schüttelt den Kopf. Aus dem Vorzimmer bringt man sie sicher nicht weg. Harry Maurer seufzt. Dann zieht er so ein superneues, großes, teures Smartphone heraus und drückt darauf herum. Ziemlich geschickt für sein Alter.

„Sie sind befreundet mit ihnen?", murmelt Nina.

„Ich hab ein Pseudonym. Nur falls du nach einer Verbindung zu mir gesucht hast."

Ein Pseudonym. Wer braucht das? Wieder ein Verdachtsmoment mehr.

„Nichts", sagt er dann.

„So blöd sind sie nicht, dass sie posten, während Unterricht ist. Auch Lehrer checken Facebook."

„Aber jetzt ist die Schule längst aus. Wir waren gestern bei einem Fotografen." Harry Maurer runzelt die Stirn. „Ich hab ihn selbst nicht gekannt, der, mit dem ich immer arbeite, ist in Bali."

„Was für … Fotos?", haucht Nina.

Der Schriftsteller lacht. „Oh, Mädchen, was du für eine schmutzige Phantasie hast! Portrait-Fotos. Ich arbeite an einem Buch über junge Mädchen, wie sie leben, was sie denken. Ich … dich hätte ich eigentlich besonders gern mit dabei. Ganz schön mutig, zu einem vermeintlichen Unhold in die Wohnung zu schleichen, um seine Freundinnen zu retten."

„Die sind nicht meine Freundinnen."

„Okay. Aber das ist jetzt nicht so wichtig. Ich mache mir langsam auch Sorgen. Wo sind die beiden wirklich?"

„Der Fotograf. Vielleicht sind sie heute noch einmal hin?"

Harry Maurer nickt langsam. Dabei fällt ihm eine dunkle Haarsträhne ins Gesicht. Ist alt, aber sieht gar nicht übel aus, eigentlich, denkt Nina. „Dann wäre ich mit schuld", murmelt er.

„Kann man so sagen." Er soll ja nicht glauben, sie fällt auf seine nette Tour rein.

Und dann stehen sie vor dem Keller. Im Atelier war keiner. Die Frau von nebenan hat gemeint, der Fotograf habe noch einen anderen Raum gemietet, zwei Häuser weiter, auch wenn er es ihr nie erzählt habe, sie wisse es von der Hausbesorgerin. Harry Maurer hat zu allem freundlich gelächelt.

Nina war sauer, dass er sie als seine Nichte vorgestellt hat. Aber was sonst soll er sagen? Dass sie seine Freundin ist? Kollegin. Oder Partnerin. Das wäre okay gewesen. Immerhin suchen sie beide nach Celina und Gaby. Und Songtexte hat sie auch schon geschrieben. Egal. Die Telefone haben sie sicherheitshalber ausgeschaltet. Damit keines im falschen Moment losgeht.

„Wir sehen nach, und wenn wir nichts finden, verständigen wir die Polizei", sagt er. Es klingt nervös. Eindeutig. Sie macht es sicherer.

Nina sagt nichts und geht die fünf nackten Betonstufen nach unten. Muffige Kühle. Graue Wände. Eine rostfarbene Metalltür. Sie drückt ihr Ohr dagegen.

Nichts. Sie hält den Atem an. Harry Maurer beobachtet sie. Er will sie für sein Buch. Weil sie mutig ist. Zum Glück kann er nicht merken, wie ihr Herz schlägt. Die Klinke liegt kühl in ihrer Hand. Das Ohr brennt. Wenn etwas passiert, dann umdrehen, die Stufen nach oben und davonrennen. Ob ihr Partner sie retten könnte? Oder ob er trotz allem Teil des bösen Spiels ist?

Nina drückt die Klinke nach unten. Und plötzlich knallt ihr die Metalltür gegen den Kopf, eine Gestalt, die an ihr vorbei will, Nina springt sie an, das hat sie im Selbstverteidigungskurs gelernt, aber sie ist angeschlagen und erwischt bloß ein Bein, hat er geschossen? Sie hat nichts gehört. Vielleicht hört man es nicht, wenn man getroffen ist. Ihr Kopf. Da schreit wer. Der Typ rennt die Stiegen hinauf, hätte nicht sie das machen wollen? Sie ist auf allen Vieren. Spürt etwas Süßes über die Lippe rinnen. So ist das also. Hört noch mehr Schreie. Vielleicht schon aus dem Jenseits. Weiß ja keiner, was dort ist.

Vielleicht ist sie sofort in die Hölle gefahren. Haben ihr ja schon einige prophezeit. Ihr Partner oben, ob der auch einen Schuss abgekommen hat? Sie taumelt durch die Tür, blinzelt. Die Töne kommen von weiter hinten. Sieht aus, als wäre sie doch noch am Leben, auch wenn es da saufinster ist. Sie tappt vorwärts. Ein dicker Vorhang. Sie schiebt ihn zur Seite. Ein großer Raum. Mit einem riesigen rosa Bett. Abartiger Geschmack, denkt Nina. Und dann sieht sie Gaby am Boden kauern. Mit nichts an als seltsamer lila Spitzenwäsche.

„Wo ist Celina?“, brüllt sie.

Gaby deutet mit dem Kopf in eine Zimmerecke. Großer Spiegel. Und auf den Stuhl davor sitzt Celina. Sie hat einen grünen Bademantel an und ist gefesselt. Sie wirkt benommen.

„Scheiße, Scheiße, Scheiße", schreit Gaby, als ihr Held aus dem BMW die Stufen herunterkommt. Sie versucht, sich zu verstecken. Harry Maurer sieht ramponiert aus. Irgendwie alles verrutscht, auch das Gesicht.

„Celinas Vater ist gleichzeitig mit der Polizei gekommen", sagt er zu Nina. „Sie haben ihn." Und dann rennt eine Urgewalt durch den Raum, hebt Celina samt Sessel hoch und stößt abwechselnd fremde Verwünschungen und zarte Trostlaute aus.

„Na gut", sagt Nina. „Dann eben nicht." Harry Maurer sitzt da und Celinas Vater und Gabys Mutter und zwei Polizisten in Zivil, die eigentlich ganz vernünftig zu sein scheinen. Und Gaby und Celina. Man hat beschlossen, dass nichts an die Öffentlichkeit soll. „Dabei wäre das eine Superwerbung für dich", ergänzt Nina in Richtung ihres Partners. „Ich meine, du schreibst Krimis. Da ist es doch gut, wenn du auch was erlebst."

„Bin mir nicht so sicher. Immerhin hab ich die beiden mit dem Fotografen zusammengebracht."

„Dass man so dämlich sein kann", murmelt Celina. Sie trägt wieder ihre eigenen Sachen. Zum Glück sagt sie es selbst. „Er hat gesagt, wir sehen super aus und er will Fotos von uns machen, aber wir sollen Harry nichts davon sagen, weil er eigentlich mit einem anderen Fotografen arbeitet und schnell eifersüchtig ist und wir dann nicht mehr in seinem Buch vorkommen. Ich wollte ja nicht …"

Gaby starrt sie an. „Klar wolltest du auch. Und ohne dich hätte er mich sicher nicht genommen, der ist voll abgefahren auf dich."

„Und wer hat okay gesagt, als er uns in Unterwäsche fotografieren wollte?", faucht Celina.

„Na und? Da ist ja nichts dabei. Wenn du nicht hysterisch geworden wärst, hätte er dich auch nicht gefesselt."

„Jetzt ist er womöglich auch noch unschuldig, was?"

„Der hat einfach Panik aufgezogen, und als er gemerkt war, dass jemand vor der Tür ist, war es ganz aus. Aber natürlich ist er ein Schwein. Gut, dass ihn dein Pa festgehalten hat, bis die Kieberer ..." Gaby verstummt und sieht zu den beiden Polizeibeamten. „... die Polizei ...", fährt sie fort, „ihn geschnappt hat. – Danke", fügt sie in Richtung des männlichen Beamten hinzu und klimpert mit den Augen. „Wer weiß, was der noch von uns gewollt hätte!"

Gabys Mutter stöhnt. „Das war's dann wohl", sagt sie zu den Polizisten, als ob es sich um Dienstboten handelte. „Mein Mann wird es sehr zu schätzen wissen, dass die schlimme Angelegenheit nicht breitgetreten wird."

Nina verdreht die Augen. Das zieht gewaltig auf der Stirn. Der Cut ist aber auch mit sechs Stichen genäht worden. Harry Maurer zwinkert ihr zu. Sein rechtes Auge ist geschwollen und eigenartig verfärbt. Keine Ahnung, was sie in der Schule erzählen wird. Aber ihr wird schon was einfallen.

GÜNTER NEUWIRTH

Zlatan

Stimmte schon, der Vorname war gleich. Zlatan. Wie der Fußballer. Seine Eltern hatten ihm den Namen aber nicht wegen des schwedischen Sportlers gegeben. Zlatan gab beim Fußball höchstens den Tormann. Feldspieler war nicht. Schwimmen. Das war sein Ding. Schulstress hin oder her.

Der Umstieg von der Hauptschule ins Gymnasium war nicht ohne gewesen. Zlatan hatte sich ganz schön ins Zeug legen müssen. Vor allem in Mathe. Die Sprachen waren nicht das Problem. In Deutsch war er gut, in Englisch auch, und der Spanischkurs machte richtig Spaß. Seine Eltern waren als Kriegsflüchtlinge nach Österreich gekommen. Zuhause sprach die Familie Bosnisch, rundherum alle Deutsch. Sprachmischmasch überall. Das half ihm jetzt in der Schule. Allerdings nicht in Mathe. Da musste er büffeln.

Jetzt aber Sommerferien! In zwei Wochen war die Fahrt nach Bosnien geplant. Oma und Opa besuchen. Und Onkel Zlatan. Und die alte Tante Ljubica. Seine Eltern hatten sich drei Wochen Urlaub genommen. Er freute sich darauf. Gutes Essen. Sonne. Das Meer.

Zlatan stellte sein Fahrrad auf dem Parkplatz ab und kettete es an. Er warf die Sporttasche über seine Schulter und marschierte zum Kassenhäuschen.

„Na, heute wieder ein paar Längen?"

„Logo."

Frau Steinhaus an der Kassa kannte ihn seit Jahren. Sie winkte ihn durch. Solange es nicht wie aus Eimern goss, kam Zlatan ins Freibad. Ein Stammgast mit Saisonkarte. Alle im Bad kannten ihn.

Zlatan setzte sich auf die Bank an der Hecke gleich neben dem Sportbecken. Er zog das T-Shirt aus. Raus aus den Chucks, raus aus der Hose. Dann lockerte er seinen rechten Unterschenkel. War immer ein bisschen mühsam, das Ding abzulegen, aber er war das gewohnt. Knapp unter dem Knie steckte sein Beinstumpf im Prothesenschaft. Sein Orthopädietechniker hatte Zlatan schon mal eine Badeprothese gezeigt. Tolles Ding. Aber er kam im Wasser super ohne zurecht. Und seine jetzige Prothese passte einfach gut, er wollte keine andere.

Auf einem Bein hüpfte Zlatan an den Beckenrand. Glucksend verschwand er im Becken und tauchte mit der Zehenspitze zum Grund. Wasser war einfach gut. Die ersten zwei Längen nahm er gemächlich. Dann legte er Tempo zu.

Sebi rempelte Fabian an. „Schau, Einbeinovic planscht wieder."

Fabian und Luke schauten rüber. „Freak."

„Irgendwann säuft der Krüppel ab." Die drei Jungs lachten und nippten an ihren Flaschen. Sebi konnte es nicht erwarten, achtzehn zu werden. Dann hätte sein Vater nichts mehr zu melden und Sebi würde sich endlich ein paar Tattoos stechen lassen. Luke hatte schon welche. Am Oberarm trug er sogar die 88. Sebi hatte der Neid gefressen. Sein Vater hatte gedroht, ihm das Taschengeld zu streichen, Computer und Smartphone einzuziehen, wenn er sich tätowieren ließe. Pisser.

Emily und Lena gingen mit ihren Badetaschen auf das Sportbecken zu. Luke pfiff den Mädchen hinterher. Die reagierten gar nicht. Sebi konnte Emily gar nicht aus den Augen lassen. Konnte er nie. Sie ging in die Parallelklasse. Blond, blauäugig, im Sport klasse, irre hübsch. Sie hatte ihn nicht ein einziges Mal angesehen.

Zlatan tauchte zum Beckenrand und klatschte ab. Irgendjemand beugte sich zu ihm herab. Er zog die Schwimmbrille über die Stirn und hielt sich am Beckenrand fest.

„Hi, Zlatan."

„Hi, Lena."

„Du, meine Eltern haben mir erlaubt, am nächsten Samstag eine Gartenparty zu schmeißen. Mein Vater wird grillen. Er steht total auf Grillen."

„Weiß ich. Weltmeister im Grillen. Hallo, Emily." Zlatan blickte zu Emily hoch, sie blickte zu ihm hinunter. Fühlte sich gut an, wenn sie ihn ansah. Dieser Blick hatte etwas.

„Hallo."

Ihre Stimme. Zlatan wurde heiß und kalt zugleich.

„Hast du Lust, auch zu kommen?"

Zlatan starrte Lena an. Eine Einladung von Lena! Das war großartig. „Danke! Logo komme ich."

Sie plauderten noch ein Weilchen. Lena war eine Wucht. Immer freundlich, immer hilfsbereit, beim Sport ein bisschen tollpatschig, aber mit Lena gab es immer Spaß. Zlatan freute sich. Eine Grillparty bei Lena! Und Emily würde auch dort sein. Konnte es einen besseren Tag geben? Die zwei Mädchen setzten sich auf die Wiese. Zlatan zog noch ein paar Bahnen.

Zlatan ist sieben und mit den Großeltern im Wald. Seine zwei Cousins sind auch dabei. Ein Riesenspaß. Opa kennt jeden Pilz. Jeden Käfer. Jeden Grashalm. Opa weiß alles über den Wald. Und Oma kann aus den Pilzen die besten Speisen kochen. Zlatan bekommt bei Tisch nie genug. Opa sagt immer, dass Zlatan mal groß und stark wird. Zlatans Eltern sind am Hof geblieben.

Seine Cousins wollen Zlatan unbedingt noch die dunkle Höhle zeigen. Sie laufen tiefer in den Wald. Mirko erzählt Zlatan, dass im Krieg hier gekämpft worden war. Zlatan versteht nichts vom Krieg, seine Eltern sprechen nie darüber, er weiß nur, dass sie wegen des Krieges aus Bosnien geflüchtet sind. Irgendwann in der Steinzeit. Er ist ja in Österreich geboren worden.

Vor ein paar Jahren haben schwedische Soldaten die Minen ausgegraben, erzählt Mirko. Was sind Minen? Mirko zeigt es vor. Paff! Vergrabener Sprengstoff.

Sie kommen zur Höhle. Zlatan muss pinkeln. Er läuft ein Stück abseits.

Mindestens eine Mine haben die schwedischen Soldaten übersehen.

Verfluchter Krieg! Was hat das mit ihm zu tun?

Der Knall ist im ganzen Wald zu hören.

Zlatan hob sich ausgepumpt aus dem Becken, schloss die Augen und ließ sich ein Weilchen von der Sonne wärmen. Dann hüpfte er auf die Bank zu.

Die Prothese war weg!

Er schaute sich um. Nichts. So ein Mist! Wo war das Ding? Panik. Wie sollte er jetzt nach Hause kommen? Zlatan hüpfte an der Hecke entlang. Nichts. Er ließ sich auf die Bank plumpsen und kramte in der Sporttasche nach seinem Handy. Seinen Vater brauchte er nicht anzurufen. Der war auf Montage und würde erst am Wochenende wiederkommen. Das Handy seiner Mutter war ausgeschaltet. Klar, wenn sie im Operationssaal stand, war das Handy aus. Krankenschwestern konnten nicht während einer Operation mit der Nachbarin tratschen.

Zlatan biss sich hilflos auf die Lippen. Was sollte er tun? Er winkte dem Bademeister. Dauerte ein Weilchen, bis Herr Berger ihn bemerkte. „Was gibt's?"

„Entschuldigen Sie, Herr Berger, aber meine Prothese ist weg."

Die Miene des Bademeisters verdunkelte sich. „Was heißt weg?"

„Ich habe sie wie immer auf der Bank liegen lassen. Irgendjemand hat sie weggenommen, als ich im Wasser war."

Herr Berger stemmte seine Fäuste in die Hüften und schaute sich um. Seine Lippen waren gespannt. „Was soll das für ein Scheißwitz sein?"

„Haben Sie Krücken im Erste-Hilfe-Raum? Dann kann ich suchen. Vielleicht liegt sie ja irgendwo im Gebüsch.“

Herr Berger schüttelte den Kopf. „Bleib du nur sitzen, ich mach mich auf die Suche. Na, wenn ich den erwische! Der kann was erleben.“

Zlatan schluckte. Herr Berger suchte in der Hecke und bei den Mülltonnen. Nichts. Dann holte er seinen jungen Kollegen und die Putzfrau. Zu dritt suchten sie das Gelände des Bades ab. Peinliche Situation.

„Ist was passiert?“

Zlatan schreckte hoch. Emily und Lena traten an die Bank. Was half es, wenn man ein guter Schwimmer war und kräftige Arme hatte, aber unter dem rechten Knie war einfach nichts? Gar nichts. Weggesprengt. Zlatan fühlte sich klein. Verletzlich. „Jemand hat meine Prothese versteckt.“

Die zwei Mädchen halfen bei der Suche. Auch Chris, Stefan, Hanna und Ümit halfen mit. Die Badegäste starrten immer wieder zu Zlatan hinüber. Es wurde immer peinlicher.

Emily setzte sich neben Zlatan. „Wie kommst du jetzt nach Hause?“

„Wenn ich meine Krücken hätte, könnte ich gehen …“

„Ich hole sie. Mit dem Fahrrad bin ich ruckzuck wieder hier.“

Zlatan schaute Emily tief in die Augen. „Echt jetzt?"

„Na klar. Gib mir deinen Schlüssel."

Zlatan wusste gar nicht, was er sagen sollte. „Echt riesig von dir."

Als Emily mit den beiden Krücken zum Freibad kam, parkte ein Polizeiauto direkt vor dem Eingang. Zlatan saß mittlerweile angezogen auf einer Bank bei der Kassa. Er stand auf, als er Emily sah. „Danke, echt, vielen Dank. Du bist klasse", murmelte Zlatan verlegen.

Emily schaute fragend zu den beiden Polizisten.

„Herr Berger hat die Polizei gerufen. Die Prothese ist nicht hier. Die Polizisten werden jetzt die Badegäste befragen. Vielleicht hat jemand etwas gesehen."

Ein Polizist trat an die beiden heran. „Hast du wieder deinen Wohnungsschlüssel?"

„Ja."

„Dann setz dich ins Auto. Ich fahre dich nach Hause."

„Das ist nicht nötig. Ich kann ja jetzt gehen."

Der Polizist wiegte den Kopf. „Steig ein, Junge."

„Ich begleite Zlatan. Und schiebe sein Fahrrad." Zlatan starrte Emily an.

Der Polizist nickte. „Wenn deine Freundin mit dir geht, ist es okay. Sobald wir etwas herausbekommen, rufen wir dich an."

„Sebastian! Mach endlich den Krawall leiser!“

Sebis Mutter. Wie immer am Keifen. Sie pochte an die Zimmertür. Sein Vater wohnte zum Glück in seiner Villa am anderen Ende der Stadt. Wer brauchte schon einen Vater zu Hause? Taschengeld war okay. Aber sonst? Immer die Besserwisserei. Und die Kommandos. Nervig.

Sebi regelte die Lautstärke runter. Er lauschte. Seine Mutter hantierte in der Küche. Also los. Er packte die Sporttasche und flitzte in den Keller des Reihenhauses. Die Tasche rumste auf die Werkbank. Sebi suchte im Werkzeugregal. Da war sie! Eine kleine Bogensäge mit gehärtetem Sägeblatt. Damit konnte man Kupfer, Eisen und Aluminium schneiden. Er langte in die Tasche und zog die Prothese heraus. Er hatte genau gesehen, wie Emily Zlatan angelächelt hatte. Und wie Zlatan Emily angelächelt hatte. Was für eine Wut in ihm war! Wut war gut, Rache war besser.

„Na, Einbeinovic, was sagst du jetzt?“ Sebi setzte die Säge an.

„Tut mir leid, Frau Mihalovic, mehr kann ich leider nicht berichten.“

Zlatans Mutter und der Polizist standen im Vorzimmer, er selbst auf die Krücken gestützt im Wohnzimmer. Emily war schon vor einer halben Stunde nach Hause gegangen. Seine Mutter hatte ihren Dienst im Krankenhaus heute früher beendet und war auf dem schnellsten Weg gekommen. „Vielen Dank, Herr Inspektor."

Der Polizist grüßte und verschwand. Seine Mutter setzte sich seufzend an den Tisch. Sie fasste Zlatan scharf ins Auge. „Also, mit wem hast du gestritten?"

„Ich habe keinen Streit gehabt!"

„Aber warum sollte irgendjemand aus heiterem Himmel die Prothese stehlen? Das ergibt doch keinen Sinn!"

Zlatan warf sich herum und marschierte auf den Krücken in sein Zimmer. Die Tür knallte. Da war er einen Nachmittag lang das Monster, der Krüppel, der arme Junge gewesen, und dann motzte seine Mutter noch herum. Das war zu viel.

Sie klopfte an die Tür. Zlatan sagte nichts. Sie trat ein. „Entschuldige, Zla, ich wollte dich nicht anschnauzen. Hab einen anstrengenden Tag gehabt." Sie setzte sich neben ihn auf das Bett und tätschelte sein rechtes Knie. Das war ja immerhin noch dran. „Find ich toll von Emily, dass sie dich begleitet hat."

Was war das für ein Tonfall? Zlatan schaute seine Mutter an. Sie hatte so einen komischen Blick. Er rollte mit den Augen. Seine Mutter lachte und stand auf. „In einer halben Stunde gibt es Essen."

Fabian stand in der Schlange vor der Kassa. Samstagvormittag, der Supermarkt war voll. An der Nebenkassa sah er Emily und ihre Mutter. Fabian kaute auf seinen Fingernägeln herum. So ein mieses Gefühl. War das schlechtes Gewissen? Er hatte eigentlich nichts gegen Zlatan. Sie kannten sich seit Ewigkeiten, hatten im selben Sandkasten im Gemeindebau gespielt. Okay, sie waren nie dicke Freunde geworden, aber als Kumpel war Zlatan okay. Er hatte nie rumgejammert. Sah echt übel aus, wenn Emily und Zlatan sich trafen. Die hübsche Blondine und der einbeinige Junge mit den Krücken.

Warum hatte er überhaupt mitgemacht? Immer Sebi mit seinen verrückten Ideen. Am Anfang war das noch ein Spaß gewesen, aber als die Polizei aufgetaucht war, war Fabian verdammt mulmig geworden. Was kostete so eine Prothese eigentlich? Sicher teuer. Gestern hatte er Sebi und Luke gesagt, dass das jetzt kein Spaß mehr war, dass sie jetzt die blöde Prothese zurückgeben sollten. Sebi hatte ihn beschimpft. Weichei, Pisser, Verlierer.

Fabian bezahlte an der Kassa und lief hinaus auf den Parkplatz. Frau Hütter und Emily räumten ihren Einkauf eben in den Wagen.

„Hallo." Mutter und Tochter grüßten Fabian.

„Emily, ich muss mit dir reden."

Zlatan betrat die Polizeistation. Es war Nachmittag, ein dicker Packen Regenwolken hatte sich über die Stadt geschoben, an Schwimmen war bei so einem Wetter nicht zu denken. Er wartete. Eine Polizistin kam auf ihn zu. „Du bist Zlatan Mihalovic, nicht wahr?"

„Ja."

„Der Fall ist jetzt geklärt."

Zlatan schluckte. „Wer war es denn?"

„Kennst du einen Jugendlichen namens Sebastian Kocher?"

„Sebi hat den Diebstahl begangen?"

„Er und zwei seiner Freunde."

„Und haben Sie meine Prothese gefunden?"

Die Polizistin verzog ihre Miene. „Komm mal mit."

Sie führte ihn in einen Büroraum.

„Oh nein."

„Wir haben sie in einem Müllcontainer gefunden. Tja, da ist leider nicht mehr viel zu machen."

Die Prothese war in mehrere Teile zersägt worden. Unmöglich, sie noch zu reparieren.

„Wird Sebi eine harte Strafe erhalten?"

„Das muss das Gericht entscheiden. Aber er und seine Kumpels werden ihr Fett abkriegen."

„Hoffentlich wird er nicht von der Schule gefeuert."

„Wie auch immer. Er hätte sich das früher überlegen sollen."

Zlatan lächelte die Polizistin an. „Mein Orthopädietechniker hat gesagt, ich kriege schon Anfang nächster Woche den Ersatz. Er macht übers Wochenende ein paar Überstunden."

„Hört sich gut an", sagte die Polizistin und lächelte zurück.

„Dann kann ich zu meinen Großeltern nach Bosnien fahren. Oma ist die beste Köchin der Welt.“

SUSANNE WIEGELE

Das erste Date

„Anna-Madeleine!“ Sie zuckte zusammen. Wie oft hatte sie ihrer Mutter schon untersagt, sie so zu nennen? Anna reichte völlig. Aber Mütter hören nicht zu. Hatte sie ein Mail? Na endlich hatte ihr dieser süße Christoph zurückgeschrieben! Auch so etwas, das absolut verboten und zum Naserümpfen war. Kontakte zu fremden Jungs im Internet. Nicht verboten waren: Reitstunden, Musikunterricht, die Anwesenheit bei gesellschaftlichen Anlässen in der Botschaft.

Schnell schrieb sie ihm zurück. Ja, sie mochte Bücher auch so sehr wie er – und Filme. Sie unterschrieb mit „Aysegül“. Ha! Ihre Eltern würden sterben vor Wut, wenn sie das wüssten. Gegen „Menschen mit Migrationshintergrund“ hatte man offiziell natürlich nichts in diesem feinen Haushalt, vor allem, weil man mit ihnen nie in Berührung kam. Conceptión zählte nicht. Das war das Dienstmädchen von den Philippinen, sie wohnte im Untergeschoß, gleich neben der ehemaligen Dienstbotenküche. Wenn sie nicht gerade Wäsche einräumte oder irgendwo einen Luster abstaubte, war sie unsichtbar. Annas Eltern sprachen sie nie direkt an. Sie sahen an ihr vorbei und sagten so Dinge wie: „Man sollte diese Kommode abstauben, oder?“

Anna war mit Conceptión befreundet. Heimlich. Ebenso heimlich wie mit Christoph.

Wie sollte sie es einfädeln, sich mit ihm treffen zu können? Conceptión würde keine Hilfe sein, sie war zwar ihre Freundin, aber schwer katholisch und davon überzeugt, dass junge Mädchen sich keinesfalls mit jungen Burschen alleine treffen sollten.

„Anna-Madeleine!“ Oh. Wenn die Mutter diesen Ton anschlug, reagierte man besser. Rasch ging Anna die Treppe hinunter, wo die Frau Botschaftergattin ausgehfertig in der Vorhalle stand. „Vergiss nicht, dass du heute Reitunterricht hast. Und wie du wieder aussiehst! So kommst du abends sicher nicht zu Tisch, nur damit du es weißt.“

Anna ersparte sich jeden Kommentar. Mütter hören ohnehin nie zu.

Väter auch nicht, sonst hätte er schon etwas unternommen gegen die eigenartigen Vorgänge im Haus. Oder nicht? Christoph fand das auch. Sein Vater kümmerte sich um alles, auch um das, was ihn nichts anging. Mit wem er schrieb, mit wem er sich treffen wollte – und wie er in der Schule war. Das war besonders lästig, denn wie sollte man in der Schule schon sein außer mittelmäßig bis schlecht?

Anna hatte es sich verkniffen, auf ihre fraglos exzellenten Schulleistungen hinzuweisen. Jungs mochten keine Mädchen, die gescheiter waren als sie. Jeder wusste das.

Stattdessen hatte sie ihm ausführlich über die eigenartigen Lieferanten geschrieben, die immer wieder Kisten und wasserdicht eingepackte Pakete brachten. Diese verschwanden zuerst in einem Zimmer, blieben scheinbar unbeachtet stehen und waren eines Tages plötzlich nicht mehr da. Conceptión war wieder einmal keine Hilfe. Sie hatte nur die Achseln gezuckt und so getan, als wüsste sie nicht, was in den Kisten und Paketen war. Aber sie übernahm sie regelmäßig, schlichtete sie in das Zimmer und hakte dabei auf einer Liste die einzelnen Positionen ab.

„Nicht stürzen" stand auf vielen. „Fragile" auf anderen. Anna durfte ihr nie helfen dabei. Der Vater hatte ebenfalls mit den Achseln gezuckt, etwas von Diplomatenpost gemurmelt und sie in ihr Zimmer geschickt.

Anna war überzeugt, dass hier irgendeine Schweinerei im Gange war. Diplomatenpost hatte in einem Botschafterhaushalt nichts verloren, das wusste sie genau. Die kam in der Botschaft an und wurde von dort aus weitergeleitet.

Was war das? Selbst Conceptión machte sich ausgehfertig und legte sich ihr dunkles Umschlagtuch über die Schultern. Wahrscheinlich war in ihrer Kirchengemeinschaft irgendwas Besonderes. Das war ja die Gelegenheit! Die Mutter würde erst abends wiederkommen, der Vater erst nachts. Das hieß, Anna hatte das Haus für sich allein.

Christoph antwortete sofort, nachdem sie ihm vorgeschlagen hatte, doch zu ihr zu kommen. Gerade noch rechtzeitig fiel ihr ein, dass sie ihn zum Dienstboteneingang dirigieren musste – eine „Aysegül" wohnt nun mal nicht in der Beletage. Dann ging sie sich umziehen. Fünf-, nein, sechsmal. Scheiße war das, wenn man zu klein, zu dünn, zu hässlich war. Endlich entschloss sie sich für Jeans und T-Shirt. Und für einen der lächerlichen Push-up-BHs, die ihr ihre Mutter gekauft hatte. Sah gar nicht einmal so schlecht aus, wenn das T-Shirt drüber war.

Die Hausglocke schlug an, und sie rannte die Stufen hinunter. Da stand er, vor der Glastür. Na, den hatte sie sich auch anders vorgestellt! Ein Christoph war das nicht, mehr ein Murat, oder ein Özgur. Das schien auf Gegenseitigkeit zu beruhen, denn als sie die Tür geöffnet hatte, starrte er mit offenem Mund, zeigte auf ihre hellblonden Haare, verzog den Mund schließlich zu einem schiefen Grinsen und sagte: „Du bist Aysegül? Dein Meerschwein heißt vielleicht so, aber nicht du!"

Anna lachte laut auf. „Und, wer heißt bei dir Christoph? Du jedenfalls nicht!“ Sie ließ ihn herein. Mahmoud heiße er, und Christoph wäre der Name seines Goldfisches, wenn er einen hätte. Von Haustieren kamen sie auf ihre Familien, von den Familien auf ihre Klassenkameraden, auf ihre Lieblingsspeisen – und dann hatten sie Hunger.

Anna brachte Mahmoud in die Küche und wollte eben den Kühlschrank öffnen, als sie einen Wagen die Einfahrt heraufkommen hörte. Wer zum Teufel konnte das sein? Ihre Mutter etwa, die etwas vergessen hatte? Der Vater sicher nicht. Conceptión auch nicht, die hatte keinen Führerschein.

Rasch lief sie nach oben und schaute aus dem Fenster. Zwei fremde Männer standen vor der Haustür. Sie trugen ein Bündel, nein, einen eingerollten Teppich – oder was immer das sein mochte. Anna traute ihren Augen kaum, als sie Conceptión am Steuer des Wagens sah. Da ging etwas nicht mit rechten Dingen zu, so viel war klar. Jetzt öffnete Conceptión die Fahrertür und scheuchte mit einer ungeduldigen Handbewegung die beiden Männer in Richtung des Dienstboteneingangs.

Mahmoud war ja noch unten in der Küche! So leise wie möglich lief Anna die Treppe wieder hinunter. Mahmoud stand vor dem Kühlschrank und sah sie verwirrt an. „Keine Zeit für Erklärungen!“ Damit nahm sie ihn an der Hand und zog ihn zum Speisenaufzug. Den benutzte zwar niemand mehr, weil er furchtbar quietschte und ratterte, aber groß genug war er wahrscheinlich, um sich darin zu verstecken.

Mahmoud ließ sich widerspruchslos auf die kleine Plattform schieben. Nach kurzem Überlegen kroch auch Anna hinein und zog die Tür zu. Ganz ging es nicht, nur außen war ein Griff, aber es musste wohl reichen. „Pscht!" Mehr konnte sie nicht sagen, denn die beiden fremden Männer und Conceptión waren bereits in der Küche.

„Verhaltet euch ruhig, das Gör ist sicher zu Hause! Ihr seid Lieferanten, dass das klar ist, und ihr sprecht kein Deutsch."

Anna zuckte zusammen. Diese herrische Person war Conceptión? Ihr Dienstmädchen, das kaum Deutsch konnte und immer den Blick senkte, wenn man sie ansprach?

Jetzt wurde draußen mit Papier geraschelt, irgendetwas Schweres fiel zu Boden. „Vorsicht, ihr Affen!" Die Männer murmelten eine Entschuldigung.

Anna konnte sich kaum rühren. Eng an Mahmoud gepresst, konnte sie nur zuhören und hoffen, dass sie nicht entdeckt wurden. Jetzt wurde die Tür zugeschlagen. Dann war es still. War Conceptión noch da oder wieder nach draußen gegangen? Anna lauschte minutenlang. Nichts. Dann gab sie Mahmoud ein Zeichen und schob leise die Tür des Aufzugs auf.

Die Küche war leer – bis auf einen blauen Teppich, der vorher noch nicht da gewesen war. Blau war er und nicht besonders groß. Mahmoud zeigte auf eine Stelle. Seltsam – Im Teppich versteckt waren kleine, ebenfalls blaue Teilchen, die wie Telefon-SIM-Karten aussahen. Oder Speicherkarten. Schnell zupfte sie einen der blauen Chips aus dem Teppich, als sie Schritte auf der Treppe hörte.

Mahmoud hatte gerade noch Zeit, wieder in den Speisenaufzug zu kriechen, Anna drückte ihm den Chip in die Hand, und flüsterte ihm zu, dass sie einander schreiben sollten auf WhatsApp, sie werde versuchen, an Conceptión irgendwie vorbeizukommen, so tun, als würde sie zu ihrer Reitstunde gehen und später wiederkommen. Dann küsste sie ihn auf die Wange und schob die Tür zu.

Mahmoud hielt die Luft an. Was sollte er mit diesem Chip tun? Mit zitternden Fingern öffnete er den Deckel seines Handys, entfernte den Akku und schob den Chip in den Schlitz für die Speicherkarte.

„Ah, Fräulein ist hier? Wieso nicht bei Pferd?“ Das erste Mal erschien Anna Conceptión bedrohlich. Sie starrte Anna an, die Hände in die Hüften gestemmt. Nichts mehr war da von der unterwürfigen, stillen Dienstbotin. Anna murmelte etwas von Hunger und dass sie eh gleich los müsse. Damit schlüpfte sie an Conceptión vorbei und durch die Tür.

Conceptión sah ihr nach. Jetzt konnte Anna auf keinen Fall zurück! Rasch schrieb sie Mahmoud, dass sie versuchen würde, ungesehen wieder ins Haus zu kommen. „Danke für den Kuss!“ schrieb er zurück. Jungs, dachte Anna, sind alle doof. Kapierte der nicht, dass sie jetzt ganz andere Sorgen hatten?

Mahmoud saß im Speisenaufzug fest. Das war nicht einmal so unangenehm, warm war es, geradezu kuschelig – wenn man vergessen könnte, dass einen Meter entfernt ein falsches Dienstmädchen stand oder saß. Er konnte sie hören. Wahrscheinlich packte sie den Teppich wieder ein. Und sie telefonierte. „Das Mädchen muss verschwinden, die hat etwas gesehen! Und das Zeug muss heut unbedingt mit in die Diplomatenpost. Gut. Am besten sofort. Nein, die kommen nicht vor acht. Unbedingt. Mir doch egal!“

Mahmoud war plötzlich gar nicht mehr warm und kuschelig zumute. Was sollte er bloß tun? Was, wenn er auch entdeckt würde? Dann wären sie alle beide in Gefahr, und niemand könnte ihnen helfen. Seine Eltern wussten nicht einmal, dass er nicht beim Schachklub war. Denen würde er erst am Abend abgehen. Und von Annas Eltern war wohl auch keine Hilfe zu erwarten. Eilig tippte er eine Warnung an Anna.

Jetzt verließ das Dienstmädchen die Küche. Er hörte die Tür zuschlagen. Vorsichtig lugte er durch den Spalt zwischen Aufzugstür und Mauer. Der Teppich war nicht mehr auf dem Tisch, und es schien niemand mehr im Raum zu sein.

Gerade wollte er aussteigen, da kam Conceptión wieder. Und mit ihr Anna – die sich gegen einen fremden Mann wehrte! Vergeblich, der hielt sie fest gepackt.

Schreien konnte sie auch nicht, man hatte ihr den Mund mit Paketband zugeklebt. Mahmoud hob sein Handy und filmte, wie Anna auf den Sessel gesetzt wurde. „Sperr sie bei den Paketen ein, bis der Wagen kommt. Hier brauche ich keinen Dreck, hörst du!" Der Mann nickte, zerrte Anna wieder hoch und verschwand mit ihr.

Mahmouds Gedanken rasten. Was tun? Zuallererst das Video an alle WhatsApp-Gruppen senden, „ruft die Polizei!" dazuschreiben. Und die Adresse natürlich.

„Haha wie cool ist das denn Mann" und „saufenmachtblöd" kam als Antwort. Mist. Die hielten das für einen blöden Scherz! Ein paar seiner Freunde versuchten ihn anzurufen – aber er konnte ja wohl kaum abheben!

Moment – die Speicherkarte! Was war da eigentlich drauf? Vielleicht konnte er den Inhalt versenden? Kryptische Zeichenfolgen erschienen. Egal, das war seine einzige Chance. Er machte zehn Screenshots und schickte sie an die Gruppe: „Bitte überall teilen! Macht mit, please! HELP!!!"

Plötzlich wurde es hell – jemand hatte die Tür des Speisenaufzugs aufgerissen! Conceptión zerrte ihn wütend an den Haaren heraus und rief gleichzeitig nach ihrem Kumpanen. „Die kleine Ratte kannst du auch gleich zu dem Gör sperren.“

Minuten später fand er sich neben Anna wieder. Die Hände auf dem Rücken gefesselt und den Mund ebenfalls mit Paketband verklebt. Mit großen Augen sahen sie einander an. Was für ein erstes Date! Anna deutete mit dem Kopf auf eins der Pakete, die sich in dem Raum stapelten. Mahmoud folgte ihrem Blick. Ah, das meinte sie! An der scharfen Kante konnte man versuchen, das Klebeband loszuwerden. Ihres war beinahe schon lose. Mahmoud hatte eine Idee. Er rutschte zu ihr, rieb sein Klebeband an ihrem, bis sich die Ränder aufrollten. Mit Mühe entfernten sie die Bänder.

Bei den Handfesseln hatten sie keine Chance. In den blöden Actionfilmen sah man andauernd, wie Gefangene einander die Fesseln lösten – aber das war nichts, das funktionierte, wie sie bald feststellten. Flüsternd unterhielten sie sich und versuchten, einen Sinn in diese verrückte Sache zu bringen. Anna erzählte, dass sie schon seit Monaten diese eigenartigen Paketlieferungen beobachtete. Diplomatenpost, die an Angestellte anderer Botschaften ging – angeblich. Sie vermutete aber, dass ihr Vater in irgendwelche Geschichten verwickelt war. Vielleicht war er ja ein Spion?

Mahmoud berichtete, was er gehört hatte. Irgendwas, wahrscheinlich der blaue Teppich, musste unbedingt mit der Diplomatenpost mit. „Logo, weil Diplomatenpost nicht kontrolliert werden darf!" Dass sie beide in Lebensgefahr waren, darüber sprachen sie nicht. Mahmoud konnte nur hoffen, dass seine Freunde endlich begriffen, dass er's todernst meinte!

„Wo ist dein Handy?"

„Haben die mir abgenommen. Und deins?"

„Auch. Wenigstens können sie nichts lesen, ich hab ein Kennwort drin, weil meine Mutter sonst immer reinschaut."

„Wie bei mir, das ist ein Wahnsinn mit den Müttern!" Anna kicherte nervös. „Was glaubst du, wie viel Zeit wir noch haben?" Mahmoud zuckte die Achseln. Anna wurde still. Jetzt wäre es schön gewesen, einander wenigstens an der Hand halten zu können. Mahmoud verstand auch ohne Worte und rückte noch näher, sodass sie sich aneinanderschmiegen konnten.

Lange hörten sie nur ihr Herzklopfen. Es wurde immer kälter.

„Anna-Madeleine!" Das war eine Männerstimme. Und noch eine. Gut, dann würde es ja bald vorbei sein. Ihre Zähne klapperten. Die blauen Polizeiuniformen, die Anna als Nächstes sah, brachten sie zum Weinen. Waren sie wirklich gerettet? Zwei Polizisten hoben sie auf, lösten ihre Fesseln, brachten sie in die Küche. Danach holten sie Mahmoud.

Sie wollten gerade erzählen, was geschehen war, als Conceptión in die Küche kam. Mahmoud sprang als Erster auf, zeigte mit dem Finger auf sie und wollte wütend zu schimpfen beginnen, als ihn einer der Polizisten zurückhielt. „Nana, junger Mann, fast hast du uns ja die verdeckte Operation verhaut! Die Kommissarin hat alles getan, um dich und deine Freundin zu schützen. Tut uns leid, aber euch beide ruhigzustellen war die einzige Möglichkeit. Wir beobachten schon seit Monaten eine Diebesbande, die sich auf Hightech spezialisiert hat. Immer wieder waren in der Diplomatenpost unbekannte Pakete, deshalb haben wir den Sammelort hierher verlegt, um der Kollegin die Möglichkeit zu geben, den oder die Sender auszuforschen. Als der Lieferant den Teppich brachte, wussten wir, dass wir zugreifen konnten – aber ihr Turteltäubchen wart ja da.“ Er grinste. „Kluger Gedanke eigentlich, alles an eine WhatsApp-Gruppe zu senden, nur gut, dass in diesem Fall einer von uns mitgelesen hat.“

Anna war fassungslos. Ihre Conceptión war wer? Eine Kommissarin? Und einer der Polizisten konnte ihre Nachrichten lesen? Und was war das mit den Turteltäubchen? Sie beschloss, das Letzte zu ignorieren.

Mahmoud war rot geworden und schaute angestrengt einen nicht vorhandenen Fleck auf dem Boden an.

„Weiß mein Vater Bescheid?“, brachte Anna schließlich heraus.

„Natürlich! Wie hätten wir sonst die Kollegin hier einschleusen können. Außerdem musste er ja die Post hier sammeln lassen!"

„Also, junges Fräulein", meldete sich erstmals die Kommissarin zu Wort, „es hat mich gefreut, dich kennen gelernt zu haben, aber du verstehst, dass ich hier jetzt kündigen muss? So wie ich deine Mutter kenne, gehst du ihr besser aus dem Weg für eine Weile. Die wird sauer sein, wenn sie kein Dienstmädchen mehr hat!"

Anna grinste über das ganze Gesicht und griff nach Mahmouds Hand. Sehr gut. Wunderbar. Denn wenn ihre Mutter sauer wegen des plötzlich fehlenden Personals war, würde ihr nicht auffallen, dass Anna jetzt einen Freund hatte. Hatte sie doch, oder? Sie sah Mahmoud an. Der drückte nur ganz fest ihre Hand.

Über dieses erste Date würden sie noch oft reden.

ERICH WEIDINGER

Keep Quiet

Die Osterferien waren der Anlass für den ersten größeren Ausflug seit der Scheidung von Tobis Eltern. Tobi verbrachte ein paar Tage mit seinem Vater und dessen Freundin Helga am Gardasee. Gardaland, ein Begriff, den er öfters in der Schule hörte. Und jetzt konnte er endlich auch dorthin. Sie hatten einen ganzen Tag in diesem Vergnügungspark verbracht. Sein Vater sah bei einigen Attraktionen, wie zum Beispiel dem Raptor, nur von unten zu.

Von Helga war Tobias überrascht. Sie machte alles mit und war echt gut drauf. Wenn er ehrlich war, musste er zugeben, dass er Helga mochte, auch wenn er ihr von Anfang an keine Chance einräumen wollte. Klar, sie war ja nicht seine Mutter.

So toll es im Gardaland war, noch mehr war er vom riesengroßen Park südlich vom Gardasee beeindruckt.

Sigurta, eine riesengroße Anlage, in der man mit einem offenen Elektroauto herumfahren konnte. Tobi war der Chauffeur und manövrierte den Wagen drei Stunden lang auf schmalen Wegen durch die Natur, an der sich Helga nicht satt sehen konnte.

Die Rückfahrt nach Hause war am Ostersonntag in der Nacht geplant. Laut seinem Vater waren die meisten Menschen erst am letzten Feiertag auf dem Rückweg und in der Nacht weniger Fahrzeuge auf den Straßen. Was kurz vor der Grenze zu Österreich passierte, konnte niemand erahnen.

Von den vielen Eindrücken der letzten Tagen müde geworden, verkroch sich Tobias im Auto-Schlafsack seines Vaters. Er lag ausgestreckt im Wagen zwischen dem Rücksitz und den Koffern. Er hörte mit seinen Ohrstöpsel Musik von seinem Mobiltelefon. Das leichte Rütteln des Wagens und die Musik ließen ihn in einen tiefen Schlaf fallen. An einer Raststätte vor der Grenze zu Österreich wurde er kurz von der Stimme seines Vaters geweckt. „Tobias, wir gehen schnell auf die Toilette und trinken einen Kaffee. Willst du mitgehen?"

„Nein, ich bin zu müde. Geht nur!" Er startete erneut die Wiedergabeliste und war nach einigen Takten von „Die Another Day" von Madonna eingedöst. Diesmal fiel Tobi in einen unruhigen Schlaf, in dem er Aufregendes mit seinem BMX-Rad erlebte.

Der Wagen rumpelte. Hatten sie die Autobahn verlassen? Auch wenn es seltsam war: Es roch irgendwie schmutzig, nach Erde, Erdöl und Rauch. Schlaftrunken nahm Tobi die Stöpsel aus den Ohren – und hörte eine Stimme, die er nicht kannte. Sie war um vieles rauer als die seines Vaters. Eine zweite Stimme, alles andere als weiblich. In einer Sprache, die Tobias nicht kannte.

Wo waren sein Vater und Helga? Lag er in einem anderen Auto, hatte man ihn entführt? Vorsichtig lugte er mit einem Auge aus dem Schlafsack. Der Koffer neben ihm und die Rückseite des Sitzes vor ihm hatten sich nicht verändert. Um mehr sehen zu können, müsste er sich etwas drehen und aus dem Schlafsack herausrutschen.

Alles sah aus wie vorher. Tobi starrte in der Dunkelheit seines Schlafsackes auf sein Handy. Niemand hatte angerufen. Der Empfang war schwach. Das bedeutete, dass sie in Österreich oder in der Nähe der Grenze waren. Sofort stellte er alles lautlos und tippte eine verzweifelte SMS an seinen Vater.

Die zwei Männer wirkten nervös. Der Fahrer war schnell unterwegs, in den Kurven schlugen die Koffer immer wieder gegen Tobias' Körper. Der Beifahrer sprach laut und drehte sich plötzlich nach hinten. Da fing es zwischen den beiden fremden Männern zu fiepen an.

Mist. Tobias' Vater hatte das Telefon in der Mittelkonsole zwischen den Vordersitzen liegen gelassen. Der zweite Mann schnappte sich das Telefon, sah kurz auf das Display, ließ das Seitenfenster herunter und warf das Gerät in weitem Bogen ins Freie. Der Fahrer schrie ihn an und kam mit dem Wagen leicht ins Schleudern. Tobias verstand von dem lauten Streit nur „Papa?“ Genau diese wenigen Buchstaben hatte er an seinen Vater gesandt. Helga war seine letzte Chance. „Helga?“

Schnell erschien die Antwort: „Tobi? Wo bist du???“

Er war so geübt mit seinem Daumen, dass er nicht mal wirklich auf die Tastatur sehen musste. „Wagen. Gestohlen! Schlafsack. Noch nicht entdeckt!!“

Diesmal dauerte die Antwort ein paar Minuten. „Seid ihr in Österreich?“

„Keine Ahnung!“

„Bleib, wo du bist. Wir versuchen zu helfen!“

Sehr witzig. Natürlich blieb er, wo er war. Nur war es eine Frage der Zeit, bis die ihn entdecken würden. Die hatten das Auto gestohlen. Einen dreizehnjährigen Jungen konnten sie sicher nicht brauchen. Tobi stellte sich vor, wie ihn die Verbrecher samt seinem Schlafsack in voller Fahrt über eine Brücke aus dem Auto warfen. Tobi zitterte. Panik, Angst, Schweißausbrüche und das dringende Bedürfnis, zu pinkeln. Er zwang sich, langsam und ruhig zu atmen. Er hatte nicht vor, zu sterben.

Das Display leuchtete wieder. „Die Polizei sucht euch. Halte durch. Gib bitte kurzes Lebenszeichen von dir.“

„Habe eine Scheißangst. Holt mich hier raus!“ Tobi musste lächeln. Er wusste, dass sein Vater solche Kraftausdrücke nicht mochte. Aber diesmal stimmte es.

Er hatte tatsächlich eine Scheißangst.

Plötzlich schwankte das Auto, der Fahrer bremste und hielt an. Beide Männer stiegen aus. Endlich konnte Tobias sich ohne Gefahr rühren. Er zog den Reißverschluss nach unten und rollte sich aus dem Schlafsack heraus. Er lag jetzt am Wagenboden, unter dem Sack. Sollte er nach vorne klettern und versuchen zu fliehen? Was, wenn die Männer bewaffnet waren und ihn einfach wie ein Tier niederschossen?

Vorsichtig hob Tobi den Kopf. Sie waren in vollkommener Dunkelheit, wahrscheinlich in einem Waldstück. Er sah nur die Glut einer brennenden Zigarette. Ein Blick auf sein Handy verriet ihm: kein Empfang mehr. Er war tatsächlich auf sich allein gestellt.

Da hörte er hinter sich eine Stimme. Einer der Männer versuchte, die Heckklappe zu öffnen. Jetzt war es aus mit ihm.

Tobi konnte es kaum glauben, aber der Fahrer hielt seinen Verbrecherkollegen davon ab, die Hintertür zu öffnen. Wahrscheinlich wollte er schnell in Sicherheit sein. Schon waren sie wieder unterwegs. Bei der nächsten Möglichkeit musste Tobi aus dem Wagen raus. Da fiel ihm ein, dass man die Scheibe der Heckklappe extra öffnen konnte, und zwar von innen. Wenn er sie hochklappte, könnte er sich rausfallen lassen. Immer noch besser, als erschossen zu werden oder in irgendeiner Waldhütte gefesselt zu verrotten. Alle paar Sekunden blickte Tobi auf sein Handy, das er unter der Decke in Dunkelheit hielt. Aber es nützte nichts, die Streifen, die ihm einen Empfang bestätigen sollten, blieben aus.

Der Beifahrer, neugierig, was sich noch so im Auto befand, griff nach einem Buch, das am Boden lag. Tobias hatte es bei der Hinfahrt gelesen. „Abgründig", ein spannender Thriller. Der Mann, wahrscheinlich kein Bücherfreund, warf es einfach nach hinten. Das Buch traf den Jungen mit der Kante an der linken Stirnseite. Ein kurzer Schrei, und er griff sich an die Schläfe, wo die getroffene Stelle zu bluten begann.

Die beiden Männer schrien ebenfalls. Der Fahrer trat mit voller Wucht auf die Bremse. Der Wagen neigte sich gefährlich zur Seite. Wie durch ein Wunder verhinderte der Lenker das Schlimmste. Das Gefährt blieb schließlich schlenkernd stehen.

Sofort warf Tobias die Decke ab und machte sich am Heckfenster zu schaffen. Seine letzte Chance. Der Fahrer bemerkte es im Rückspiegel und öffnete die Tür. Beim Fall spürte Tobi spitze kleine Steine, die sich in seine Handfläche bohrten. Eine Schotterstraße. Deshalb war der Wagen ins Schleudern gekommen und hätte sich beinahe überschlagen. Er sprang auf. Nach drei oder vier Schritten wurde er von rechts niedergerissen und auf den Boden gedrückt. Diesmal lag seine rechte Wange auf dem steinigen Untergrund. Der Mann fixierte ihn unbarmherzig. Es tat höllisch weh.

„Keep quiet“, rief der Verbrecher, als wären das die einzigen englischen Worte, die er kannte.

„Please! Keep me alive! Please, I’ll do what you want!“, keuchte Tobi. Normalerweise musste er oft nachdenken, wenn er mit jemandem Englisch sprach. Diesmal kamen die Worte wie von selbst.

„Ok! Keep quiet!“ Er wurde an der Kapuze seines Sweatshirts nach oben gerissen und Richtung Wagen gezogen.

Der Beifahrer kam fluchend auf ihn zu und versetzte ihm einen Fußtritt. „Damned Bastard!“, schrie er Tobi an. Tobias wurde auf den Rücksitz geschoben und mit dem Gurt angeschnallt. Die beiden gaben ihm zu verstehen, dass er sich nicht zu rühren hatte. Der eine zog mit seinem Fingernagel eine Kratzspur über Tobis Hals. Er verstand genug und hielt sich ruhig. Sein ganzer Körper schien ein einziger Schmerz zu sein.

Die beiden Männer schrien sich an, während sie weiterfuhren. Wahrscheinlich beratschlagten sie, wie und wo sie ihn um die Ecke bringen sollten. Tobi war klar, dass der Fahrer der Vernünftigere der beiden war. Tobi kämpfte mit den Tränen. Er realisierte, dass er sich in die Hose gepisst hatte.

Plötzlich wurde es heller. Sie kamen aus dem Wald. Vor ihnen lag eine große Wiese, es ging bergab bis hin zu einem Dorf. Der Fahrer blieb stehen. Nur das leise Brummen des Motors war zu hören. Der Fahrer zog die Handbremse an und stieg aus. Er zündete sich eine Zigarette an. Während Tobias überlegte, warum der Mann nicht im Auto rauchte, stieg auch der zweite aus. Es dauerte nicht lange, und die beiden gerieten wieder in Streit.

Tobi hielt die Luft an. Als sich sein Vater vor ein paar Monaten diesen Wagen gekauft hatte, hatte er Tobi die wichtigsten Funktionen erklärt. Starten, Kuppeln, Gasgeben, Bremsen. Tobi überlegte fieberhaft. Starten müsste er den Wagen nicht. Die Straße war hier schon abschüssig. Nur die Handbremse lösen und versuchen, den Wagen über die Wiese zu den Häusern rollen zu lassen.

Gefährlich, aber möglich.

Der Junge löste den Gurt und spannte seine Muskeln an. Es musste schnell gehen. Wenn er den Wagen zum Rollen brächte, wäre das Wichtigste geschehen. JETZT!

So schnell er konnte, schlüpfte Tobi nach vorn, die Beifahrertür war noch offen. Handbremse gelöst, Kupplung getreten. Sofort setzte sich der Wagen in Bewegung und nahm von alleine Fahrt auf. Erst als Tobias versuchte, einen Gang einzulegen, wurden die beiden auf das Geschehen aufmerksam.

„Komm schon! Bitte!", flüsterte Tobi, als das Getriebe krachte. Diesmal klappte es, er konnte aufs Gas steigen. Kurz bevor einer der beiden die offene Beifahrertür ergreifen konnte, zog sie der Junge von innen zu. Der

Wagen holperte über ein paar Erdhügel und schoss auf das Dorf zu. Tobias drückte immer wieder auf die Hupe und schrie laut, als ob er das Hupen damit unterstützen könnte. Die Diebe waren dem Wagen kurz nachgelaufen, doch als das Lärmen begann, zogen sie sich in die Dunkelheit zurück.

Lichter gingen im Dorf an, ein Mann kam mit einem Gewehr aus seinem Haus und staunte nicht schlecht, als ein großer Wagen mit wildem Gehupe über die Wiese auf ihn zukam. Ein alter Bretterzaun, den der Bauer bald hätte erneuern wollen, wurde umgefahren. Das Geschoss durchstieß eine Scheunenwand, kam aber auf der anderen Seite nicht mehr heraus. Außer dem aufgeregten Hühnergeschrei war nichts mehr zu hören.

Mit erhobener Waffe schritt der Bauernhofbesitzer durch das Loch in seiner Scheunenwand, gefolgt von erschrockenen Dorfbewohnern. Ein Wagen stand inmitten von aufgetürmten Heuballen, mittendrin ein schrecklich aussehender Junge, schmutzig und blutend.

Tobias konnte nicht mehr wirklich wahrnehmen, wo er war und dass eine Waffe auf ihn gerichtet wurde. Er sagte: „That's it!", und brach zusammen.

Im selben Augenblick löste sich ein Schuss.

Nach der Erstversorgung durch einen Arzt wurde er in ein italienisches Krankenhaus gebracht. Tobias brauchte lange, bis er begriff, was mit ihm geschehen war. Vom

Schuss hatte er nichts mehr mitbekommen. Das Projektil zerstörte nur die Fensterscheibe der Fahrertür. Die Verletzungen waren zwar sehr schmerzhaft, aber nicht schlimm, so wurde er bald entlassen und natürlich von der italienischen Polizei vernommen.

Da in Nordtirol viele Menschen zweisprachig aufwachsen, war es kein Problem, dass er nur Deutsch sprechen konnte. Denn sein Englisch hätte nicht ausgereicht, das gefährliche Abenteuer zu erzählen.

CHRISTIAN DAVID

Keine Spur

Der Killer stürmte durch das gleißend hell beleuchtete Stiegenhaus.

Sarah sah genau hin. Um jeden Augenblick zu genießen. Das Gesicht des Killers konnte sie nicht erkennen. Er trug einen schwarzen Motorradhelm. Schwarz war auch sein lederner Overall. Er hob den Arm. In der geballten Hand hielt er ein riesiges Fleischermesser.

Mit dudelnder Melodie meldete sich Sarahs Smartphone. „Natürlich genau jetzt", murrte sie und stoppte die Wiedergabe des Films.

Es war Jakob. Der schien darauf abonniert zu sein, sich im falschen Augenblick zu melden. „Was gibt's?", fragte Sarah ungeduldig.

„Hallo, Sarah. Ich melde mich, weil … ich … ich denke mir …" Jakob war schüchtern. Wie immer stotterte er herum.

„Komm zum Punkt, Jakob."

„Naja, vielleicht könnten wir uns treffen, und dann werde ich dir ..."

„Am See in zwanzig Minuten."

„Cool, weil ich dir nämlich etwas extrem Wichtiges ..."

„Bis später." Sarah legte auf. Der auf dem Bildschirm eingefrorene Killer verschwand mit einem Knopfdruck. Schade.

In der Küche traf Sarah ihre Mutter und bemerkte ihr rötliches Gesicht. „Warst du an der Sonne?"

Die Mutter zog eine Grimasse. „Spinnst du? Ich war den ganzen Tag im Büro."

Sarah hasste es, wenn ihre Mutter betont besserwisserisch klang. Als ob Sarah noch ein kleines, dummes Mädchen wäre. Und nicht schon vierzehn.

Sarah zog sich die schwarzen Chucks an und eilte durch die Gassen von Bregenz zum Bodensee. Vor zwei Wochen hatten endlich die Sommerferien begonnen. Sie freute sich auf Wasser, Himmel, Sonnenuntergang. Eigentlich gut, dass Jakob sie weggelockt hatte. Den Film konnte sie sich später anschauen. Am besten mitten in der Nacht. Sie setzte sich auf die Stufen am Ufer des Bodensees. Es war kurz nach einundzwanzig Uhr. Die Sonne glühte inmitten eines orangeroten Infernos.

Jakob setzte sich neben Sarah. „Die Bilder sind gut", sagte er.

„Das heißt?“, fragte Sarah.

„Fabian ist darauf zu sehen. Zusammen mit Larissa.“

Fabian war der Schönste der gesamten Schule. Larissa, angeblich Fabians neue Freundin, war in derselben Klasse. Sarah sah sich die Bilder auf Jakobs Handydisplay an. Fabian und Larissa gingen vertraut miteinander um. Dazu ein blödes Grinsen in ihren Gesichtern. Larissas blonde Locken waren noch blonder und engelsgleicher als sonst, das Sommerkleid schien teuer, die Absätze ihrer Schuhe sorgten für Höhenkoller. „Wie hast du das geschafft, Jakob?“

„Mit einem guten Teleobjektiv. Niemand hat mich bemerkt. Ich nehme meinen Hund mit und tue so, als ginge ich mit ihm spazieren. Kein Mensch schöpft Verdacht.“

„Woher hast du seine Adresse?“

„Im Netz hat er genügend Fotos gepostet. Der Rest war leicht. In Bregenz kenne ich jede Ecke.“ Jakob sah sie an. Sein Blick war intensiv. Sarah kannte das. Manchmal schaffte er es, seine Schüchternheit abzuschütteln. Und nicht mehr zu verheimlichen, dass er Sarah mochte. Jakob brillierte in Mathematik und Informatik. Da erzielte er die besten Noten der Klasse. Sarah war seine stärkste Konkurrenz. „Findest du ihn wirklich so cool, dass du diese ganzen Details über ihn wissen musst?“, fragte er vorsichtig.

Sarah blickte ihn ernst an. „Müssen wir das echt noch einmal diskutieren?“

Jakob schwieg.

Sie hatten das Thema zweimal besprochen. Zuletzt vor drei Wochen. „Ich verstehe nicht, wieso er dich interessiert“, hatte Jakob damals gesagt. „Auf den ersten Blick wirkt Fabian beeindruckend. Aber eigentlich ist er oberflächlich. Er interessiert sich für Sport und das neueste iPhone. Manager will er werden, damit er sich einen superteuren Aston Martin leisten kann. Genau wie sein protziger Vater.“

„Bist du neidisch auf ihn?“, hatte Sarah aggressiv gefragt.

Jakob hatte den Kopf geschüttelt. „So perfekt kann sein Vater gar nicht sein. Sonst hätte sich die Mutter nicht scheiden lassen.“

„Warum regst du dich auf? In Fabian steckt mehr, als du ahnst.“

Sarah und Jakob waren im Streit auseinandergegangen und hatten sich zwei Tage später versöhnt. Weil sie instinktiv begriffen hatten, dass sie verwandte Seelen waren. Sie gehörten zu den Nerds der Schule. Anders Larissa, mit der alle befreundet sein wollten. Was sie anzog, trugen bald darauf auch andere Mädchen. Wenn sie in ihre luxuriöse Villa einlud, wollten alle dabei sein.

Die Sonne versank, der Bodensee glitzerte, am Himmel übernahm nächtliches Blau. „Warum hast du mich eigentlich treffen wollen?“, fragte Sarah misstrauisch.

„Um dir die Bilder zu zeigen", sagte Jakob trotzig.

„Die hättest du mir auch mailen können oder zum –"

„Im Netz hinterlässt jeder Spuren", unterbrach Jakob. „Wenn ich sie dir hier zeige, weiß das niemand."

„Du bist übervorsichtig."

„Ich weiß, was ich tue. Man darf keine Spuren hinterlassen."

Kurz vor Mitternacht ging Sarah nach Hause. In Gedanken war sie beim schönen Fabian. Natürlich hatte Jakob recht. Fabian war oberflächlich. Dennoch musste sie dauernd an ihn denken. Ob er sich auch für sie interessierte, wusste sie nicht. Wenn er sie bat, ihm bei einer Hausaufgabe zu helfen, war er extrem nett. Er rief sie an, und Sarah nahm sich viel Zeit, alles detailliert zu erklären. Larissa ahnte davon nichts. Bei Larissas Sommerfest Ende Juni war Sarah dennoch nicht eingeladen gewesen.

Dunkel und still war die Wohnung. Offenbar war die Mutter bereits schlafen gegangen. Hungrig ging Sarah in die Küche. Ein prall gefüllter Müllsack lehnte vor der Kühlschranktür. Sarah wollte ihn wegschieben. Sie hörte ein Klirren. Neugierig blickte sie in den Sack.

Fünf leere Weinflaschen. Sarah erinnerte sich an das leicht gerötete Gesicht ihrer Mutter. Also kein Sonnenbrand. Ihre Mutter musste den Rotwein getrunken haben.

Sarah kannte ihre Mutter nicht als eine, die viel trank. Schon gar nicht alleine. In den letzten Monaten hatte Sarah jede Gelegenheit benutzt, um ihrer Mutter aus dem Weg zu gehen. Eigentlich unfair, sie ist doch meine Mama, und ich habe sie am liebsten auf der ganzen Welt.

Völlig erschöpft warf sie sich aufs Bett. Duschen konnte sie morgen früh. Nur der Schlaf wollte nicht kommen. Sie hörte den eigenen Puls. Ihre Gedanken rasten im Kreis.

Nach einer Stunde stand sie auf, schlich an der geschlossenen Tür vorbei, die ins Zimmer ihrer Mutter führte. Da erstarrte Sarah. Sie hörte die Stimme ihrer Mutter. „Die neue Chefin ist die Hölle. Katrin Sellmann will mich loswerden. Sie findet, dass ich für meinen Job nicht flexibel genug bin. Sie ist dreißig. Und ich bin zweiundvierzig. Ich habe sie gefragt, was sie damit meint. Sie hat blöd gelächelt und gemeint, wenn ich das selbst nicht wüsste, wäre eine Diskussion darüber sinnlos. Seitdem habe ich im Büro nur noch sinnloses Zeug zu tun.

Als wäre ich eine ahnungslose Anfängerin. Meine Kolleginnen sind plötzlich ziemlich distanziert. Früher habe ich mich im Büro wohl gefühlt. Jetzt wird mir schon beim Gedanken schlecht, morgen wieder hingehen zu müssen. Am schlimmsten ist, dass ich Sarah anlügen muss. Ständig spiele ich ihr vor, dass ich so wie früher bin, eine starke Mutter. Ich weiß nicht, aber irgendwie kann ich nicht mehr so weitermachen …“ Die Stimme der Mutter verstummte.

Sarahs Herz raste.

Die Mutter fuhr fort. „Lang halte ich das nicht mehr aus. Irgendwann ist Schluss. Ich mache mir Sorgen um Sarah. Was würde sie ohne mich anfangen?“

Sarah wurde übel. Sie wollte nicht ohne ihre Mutter sein. Jedenfalls nicht jetzt. Frühestens in hundert Jahren.

Mit einem Schlag sah Sarah ihre Mutter als das, was diese eigentlich war: eben nicht nur Mutter, sondern vor allem ein Mensch. Ein feiner, ehrlicher, lieber Mensch.

Nicht die Mutter musste sich nun um Sarah kümmern. Sondern die Tochter wollte der Mutter helfen. Es gab keine andere Möglichkeit. *Ich muss es schaffen. Und ich werde es schaffen.*

Sie erinnerte sich an Larissas Sommerfest. Wie mies und ausgegrenzt sie sich als Nichteingeladene gefühlt hatte. Nach außen hatte sie das nicht gezeigt. Um niemandem die Gelegenheit zu geben, sich an ihrem Unglück zu weiden. Sarah ahnte, dass es ihrer Mutter jetzt ähnlich erging.

Wut stieg in ihr hoch. Sie griff nach dem Laptop der Mutter, der auf dem Küchentisch stand. Den Code kannte sie. Sekunden später fing sie an, den Mailverkehr der Mutter zu studieren.

Eine Stunde später schlich sie leise ins Schlafzimmer der Mutter. Auf dem Boden neben dem Bett stand eine leere

Rotweinflasche. Ungeöffnet, eingeschweißt in eine Cellophanhülle, lag daneben ein Buch: *Sonnenbraut.* Den Thriller hatte Sarah der Mutter Ende April zum Geburtstag geschenkt. Weil die Mutter Kriminalromane liebte und sie normalerweise binnen einer Woche gierig verschlang.

Sarah ergriff das Smartphone und stahl sich nach draußen. Dreißig Minuten später brachte sie es zurück. Sarah wusste Bescheid.

Am nächsten Tag positionierte sie sich mit ihrem Laptop in der Nähe eines Cafés und benutzte dessen Internetzugang. Sarah hatte Jakobs Worte nicht vergessen. Spuren mussten vermieden werden.

Die Recherche im Netz lohnte sich. Katrin Sellmann hatte in Wien Betriebswirtschaft studiert. Nach dem Abschluss hatte sie bei zwei Wiener Beratungsfirmen gearbeitet, insgesamt sechs Jahre lang. Im vergangenen März war sie nach Bregenz gewechselt und Chefin von Sarahs Mutter geworden. Für Fotos posierte Katrin Sellmann, als wäre sie ein internationales Supermodel. Dabei war sie zu klein, ihr Gesichtsausdruck wirkte künstlich und eitel.

Du bist das Biest, dachte Sarah.

Sie rief Jakob an. Sie trafen einander um sechzehn Uhr. Am selben Ort wie am vergangenen Abend. Die Sonne glühte vom Himmel herab. Wie ein blaugrüner Diamant funkelte der Bodensee. „Kann ich mir deinen Hund ausborgen?“, fragte Sarah beiläufig.

Jakobs Verstand arbeitete rasant wie immer. „Willst du Larissa beschatten?"

„Das war nicht die Frage."

„Okay ... Wann brauchst du ihn?"

„Wie wäre es mit jetzt gleich?"

„Ist die Sache dringend?"

„Überhaupt nicht, weißt du, ich tu nur so", sagte Sarah genervt.

„Komm mit."

Eine Viertelstunde später standen sie vor dem abgewohnten, dreißig Jahre alten Gebäude, in dem Jakob mit seinen Eltern wohnte. Er verschwand im Haus und tauchte fünf Minuten später wieder auf.

„Johnny heißt er", sagte er und deutete auf den grauen Pudel, den er an der Leine führte. „Er ist brav, aber noch jung. Deshalb musst du –"

„Mach dir keine Sorgen."

„Nur ist es –"

„Kann ich ihn haben oder nicht?"

Jakob reichte ihr die Leine. „Pass auf ihn auf."

„Kein Problem", sagte Sarah und machte sich auf den Weg. Brav folgte der Pudel.

Das Haus war im Internet abgebildet gewesen. Eine teure Wohnung wurde dort angeboten. In bester Bregenzer Lage, mit Blick auf den Bodensee.

Zuerst strich Sarah um das Gebäude herum. Als führte sie ihren Hund aus. Nach einer Stunde hatte sie genug. Sarah drehte eine letzte Runde. Da hielt ein Lieferwagen vor dem Haus. Der Fahrer eines Zustelldienstes sprintete zum Eingangstor, läutete und wurde eingelassen. Sarah näherte sich dem Tor. Als der Fahrer das Haus wieder verließ, sah er Sarah, hielt sie für eine Hausbewohnerin und hielt ihr die Tür auf.

Sie überprüfte die Postfächer: Katrin Sellmann hatte die Dachgeschoßwohnung gemietet. Sarah wollte den Lift nehmen, aber Johnny verweigerte ängstlich das Einsteigen. Es blieb das Treppenhaus. Sarah musste Johnny mühsam hinaufziehen. Im ersten Stock reichte es ihr. Sie band Johnny ans Geländer.

Vor der Wohnungstür im Dachgeschoß griff sie in ihre Hosentasche. Sie hatte geplant, Katrin Sellmanns Türschloss mit Superkleber zu versiegeln. Um dieser widerlichen Frau eins auszuwischen.

Mit einem Mal war Lärm im Haus. Vorsichtig stieg Sarah die Stufen hinab. Johnny durfte hier nicht allein gelassen werden. Rund um Johnny glänzten die steinernen Treppenstufen nass. Eine riesige Lache. Darauf habe ich total vergessen, dachte Sarah ärgerlich. Ihr Plan war ins Wasser gefallen.

Die Geräusche im Haus wurden lauter. Sarah musste hier weg. Sie löste die Hundeleine vom Geländer. Sofort raus!

Sie brachte Johnny Jakob zurück. Der begrüßte den Hund freudig und stellte keine Fragen. Kein Wort verlor Sarah über ihre missglückte Rache.

Ein ruhiger Abend folgte. Die Mutter war erschöpft und wortkarg.

Gegen acht Uhr morgens, die Mutter hatte gerade die Wohnung verlassen, war Sarah schon wach. Es war heiß und sonnig. Sarah ging zum Bodensee, briet in der Sonne und ging schwimmen. Ein neuer Plan musste her.

Am Abend aß sie mit ihrer Mutter. Zum ersten Mal seit Monaten hatte die Mutter Käsknöpfle zubereitet und schien endlich mal wieder glücklich zu sein. „Stell dir vor, was passiert ist", erzählte sie. „Eine Arbeitskollegin von mir hat enormes Pech gehabt."

Sarah gab sich desinteressiert. „Nämlich?"

„Sie ist schwer gestürzt. Als sie die Treppe in ihrem Wohnhaus hinuntergestiegen ist. Mit ihren neuen, hochhackigen Schuhen, die ihr kurz zuvor ein Paketdienst zugestellt hatte. Stell dir das vor. So ein Pech."

„Und wie geht es ihr?"

„Das ist noch nicht klar. Sie wird wohl länger ausfallen."

„Aha, interessant … wie heißt deine Kollegin?"

„Katrin Sellmann … aber warum fragst du? Du willst normalerweise doch nie etwas über mein Büroleben wissen."

„Nur so, Mama. Wieso ist sie gestürzt?" Sarah verkniff sich ein triumphales Grinsen.

„Offenbar war Flüssigkeit auf den Stufen. Deshalb ist sie ausgerutscht und …"

Sarah nickte. Und dachte an Larissa. Die dafür bekannt war, gerne High Heels zu tragen.

Sarah kam eine Idee. Sie musste plötzlich lächeln.

MARLENE FARO

Delfi

1. Februar **2021,** 6 Uhr früh, Exklusivmeldung der europäischen Nachrichtenagentur ÖKOPAX:

> Wie wir von einer unserer streng geheimen Quellen erfahren konnten, sind aus einer Forschungseinrichtung nahe der österreichisch-schweizerischen Grenze soeben mehrere Versuchstiere befreit worden. In dem Labor wird an der Herstellung von künstlichen Gliedmaßen durch 3D-Drucker geforscht. Bei den Versuchstieren soll es sich um Kaninchen handeln. Es wurde, wie schon bei ähnlichen Aktionen früher, auch hier wieder ein Blatt Papier mit einem Delfinaufdruck zurückgelassen.

Sechs Jahre zuvor, im September **2015**

Die Brandstetter war ja meistens ganz erträglich, aber sie konnte auch anständig nerven. Heute zum Beispiel. „Was ist euer Lieblingswort?“, hatte sie am Anfang der Stunde geflötet. „Ein Wort, das für euch etwas wirklich Schönes bedeutet.“ Yasmin aus der ersten Reihe hatte gleich wichtigtuerisch aufgezeigt: „Rihanna. So möchte ich auch einmal werden.“ Der Rest der Klasse hatte gekichert und sich gegen die Stirn getippt. Die Brandstetter hatte auch gleich weitergefragt, natürlich ihren Liebling, den Bastian. „Mein Lieblingswort ist Freundschaft“, hatte der Bastian gesagt, dieser Schleimer, und die Brandstetter war beinahe in Verzückung geraten. „Wixa“, hatte der Mario gerufen, „du hast doch gar keinen Freund.“ Undsoweiterundsofort. Blablabla.

Patrick saß in der letzten Reihe und zog den Rotz hoch. Aber nur ganz leise, damit die Brandstetter nicht auf ihn aufmerksam wurde. Was hätte er schon für ein Lieblingswort sagen sollen? Kettensägenmassaker vielleicht?

Endlich schrillte die Klingel, und auch die letzte Stunde war vorbei, alle sprangen auf und drängten nach draußen, die Brandstetter wurde beinahe niedergetrampelt wie eine Spaziergängerin von einer wildgewordenen Kuhherde. Patrick war bei den Letzten, die aus der Schule schlurften, Mario wartete auf ihn. Früher hatte Patrick sich beinahe in die Hose gemacht, wenn Mario ihn auch nur angesehen hatte. Aber nach den Weihnachtsferien vor einem Jahr war plötzlich alles ganz anders gewesen.

„Wixa, weißt du, dass deine Mutter eine Hure ist?", hatte ihn Mario in der Klasse begrüßt. Mario sagte solche Sachen wie andere Leute „Guten Tag" oder „Guten Appetit". Niemand achtete mehr darauf.

Aber an diesem Morgen hatte sich Patrick umgedreht und Mario angeschaut, nur ganz kurz, direkt in die Augen. „Meine Mutter ist tot. Sie ist vorige Woche gestorben." Dann hatte er sich hingesetzt und sein Computerheft aufgeschlagen.

Für einen Moment war es ganz still in der Klasse gewesen, dann hatten alle wieder durcheinandergeschrien. Nur Mario war seither anders zu ihm, na ja, ein bisschen halt. Jetzt wartete er vor der Schule. „Gehst mit eine rauchen?"

Patrick schüttelte nur den Kopf.

„Oida, du bist so was von …" Mario verdrehte die Augen und machte Schnarchgeräusche. Dann stapfte er davon, gefolgt von seinen Bewunderern aus den unteren Klassen. Mario war schon sechzehn, ging aber in die fünfte Klasse wie Patrick, Bastian, Yasmin und die anderen.

Patrick warf sich den Rucksack über die Schulter und trottete los. Jemand rief ihm nach, aber er hörte nichts.

Er war ganz in Gedanken versunken. Dieses verdammte Problem …

Es war wie ein Schiefer im Finger, den man nicht und nicht herausbekam. Ständig musste er daran denken. Dass seit dem Sommer vier Hunde im Viertel gestorben waren, obwohl sie an den Tagen zuvor noch total fit herumgetollt waren und gebellt hatten. Der lustige Rambo und der Fritzi. Dem Boxer Enzo hatte Patrick sogar noch einen halben Schokoriegel durch den Zaun zugesteckt – und am nächsten Tag war der Enzo mausetot gewesen. Und vorgestern dann die Cindy von der alten Frau, die früher immer in der Trafik bedient hatte. Die war gestern auf einer Parkbank gesessen und hatte geweint und einer anderen Frau alles erzählt.

Patrick hatte so getan, als ob ihm die Schuhbänder aufgegangen wären, und mitgehört. Ganz plötzlich, nach dem Spazierengehen und dem Herumschnüffeln im Laub, hatte die Cindy zu jaulen begonnen, dann war Blut aus ihrer kleinen Schnauze getropft, und sie hatte nur noch geröchelt. Aus war's gewesen.

„Aber ein Tierarzt könnte doch bestimmt den Grund feststellen", hatte die andere Frau erschrocken gesagt. „Wer weiß, vielleicht hat sie etwas gefressen. Vielleicht sogar einen Giftköder."

„Aber ich hab doch kein Geld", hatte die alte Frau aus der Trafik geschluchzt, „ich hab ja kaum die Hundesteuer zahlen können. Und jetzt bin ich ganz allein."

„Hallo Patrick! Wie geht's?"

Patrick schreckte aus seinem Grübeln hoch, dann winkte er zurück. Doktor Lanner radelte gerade vorbei, ein lässiger Typ, obwohl er ein hohes Tier bei der Sparkasse war. An der Garagenwand der Lanners war ein Basketballkorb befestigt, genau wie in amerikanischen Filmen. Einmal hatte Patrick gesehen, wie der Lanner mit seinen Töchtern dort Bälle einwarf.

So ein Vater musste echt cool sein, nicht so ein nerviger Psycho wie der Typ, der bei ihm zu Hause herumhing. Und jetzt hatte der auch noch eine gewisse Fiona angeschleppt mitsamt ihrem Balg, dem Marvin. Die machten sich in allen Winkeln breit, Fiona saß nur vor dem Fernseher, rauchte oder nahm Schaumbäder, und Marvin schlich den ganzen Tag hinter Patrick her mit seinem dämlichen Plüschdelfin im Arm.

„Na, freust dich nicht, dass wir wieder eine Familie sind?", hatte sein Vater ihn gefragt, ganz im Ernst. „Und jetzt hast du sogar einen kleinen Bruder."

Danke, gleich muss ich kotzen. Das hätte er am liebsten geantwortet. Aber er hatte nichts gesagt, sein Vater war zum Glück wieder gegangen und hatte ihn in Ruhe gelassen.

Patrick sperrte die Haustür auf, ließ den Rucksack fallen und ging in die Küche. Die Kakerlake Marvin saß natürlich schon am Tisch, vor einem Teller Nudeln mit einer Sauce, die aussah wie Schleim aus dem Weltall. Neben ihm saß der Plüschdelfin.

„Weißt du eigentlich, dass hier bei uns jemand Tiere vergiftet?", fragte Patrick. „Dein Delfi ist der Nächste, hab ich gehört."

Marvin sah total erschrocken drein, dann packte er den schmuddeligen Delfin und rannte aus der Küche. Schon in der Tür fing er zu schluchzen an. Patrick holte sich eine Cola aus dem Kühlschrank und eine Packung Chips mit Zwiebelgeschmack aus dem Schrank. Wenigstens ein Mittagessen ganz nach seinem Geschmack. Dann ging er in sein Zimmer, knallte die Tür zu und ließ sich vor den Computer fallen.

Ob er sich das alles nur einbildete? Vielleicht grassierte ja einfach eine Art Hundegrippe im Viertel! Ob er zur Polizei gehen sollte?

Guten Tag, ich bin Patrick Gröbel und ich möchte melden, dass bei uns im Viertel der Rambo, der Fritzi, der Enzo und die Cindy ermordet worden sind. Nein, das sind keine Menschen, das sind Hunde! Genau, Superidee! Ab morgen konnten ihn dann alle in der Klapse besuchen kommen.

Der nächste Vormittag war so öd wie immer. Englisch, Mathe, Geschichte. Beim Völkerball in der letzten Stunde schoss Kevin alle vom Platz. Dann war auch Turnen endlich vorbei, und Patrick stapfte schwitzend raus, vielleicht sollte er doch weniger Chips essen. Mario wartete schon, ausnahmsweise allein, er klopfte sich gerade eine aus einer zerknautschten Zigarettenpackung. Damit deutete er Richtung Park, und Patrick nickte. Dort hockten sie sich auf eine Bank und rauchten jeder eine.

„Oida, was is los?“, fragte Mario.

Patrick schüttelte den Kopf. „Nix is los.“

„Erzähl keinen Scheiß. Ist schon wieder jemand tot?“

Patrick nahm einen tiefen Zug, der Rauch brannte in seinem Brustkorb. Niemand ist tot, wollte er gerade sagen, aber plötzlich hielt er es nicht mehr aus. Er musste einfach jemandem von seinen Grübeleien erzählen, und wenn es nur Mario war, bekanntlich so sensibel wie ein Regenwurm. „Genau, es ist wieder jemand tot. Der Rambo, der Fritzi, der Enzo und jetzt auch noch die Cindy.“

Er schnippte die Zigarette weg, Mario starrte ihn an. „Mann, was redest du da? Welcher Rambo? Welche Cindy? Wieso kenn ich die nicht?“

„Weil das keine Menschen sind, sondern Hunde! Hunde, die tot umgefallen sind, ganz plötzlich. Irgendetwas stimmt da einfach nicht.“

Mario grölte: „Ein Serienkiller! Supa!“

„Ich mein's ernst.“

Mario hörte mit dem Grölen auf. „Rambo? War das nicht so ein großes, schwarzes Vieh? Ich glaub, den hat meine kleine Schwester immer gestreichelt.“

„Genau. Der war total nett. Genau wie Fritzi und Enzo. Die haben keinem was getan, das waren keine Killerhunde, verstehst du? Und vorgestern dann die Cindy, die ist immer mit der alten Frau aus der Trafik im Park gewesen."

„So eine weiße Ratte mit einem rosa Dings aufm Kopf?"

Patrick nickte. „Der ist ganz plötzlich Blut aus der Schnauze getropft, nach dem Spazierengehen. Wahrscheinlich hat sie was Giftiges verschluckt."

„Scheiße, Mann. Wer macht so was?"

Patrick zuckte mit den Schultern. „Keine Ahnung. Na ja, einer ist mir schon eingefallen. Das ist ein Kumpel von meinem Vater, der schreit jedes Mal rum, wenn wo ein Scheißhaufen liegt. Einmal ist er voll in einen hineingetreten und hat gebrüllt, dass alle Hundsviecher zerquetscht gehören. Aber der war auf Urlaub, wie das mit dem Fritzi und dem Enzo passiert ist."

„Mann, ich hab's!" Mario strahlte plötzlich übers ganze Gesicht. „Einer von den Schlitzaugen vom Chinarestaurant war's! Die essen doch Hunde, die Schlitzaugen! Echt, kein Spaß! Hab ich im Fernsehen gesehen."

„Das Chinarestaurant hat den ganzen Sommer über zu gehabt. Die waren das nie im Leben. Du schaust zu viel in die Glotze."

Sie grübelten beide vor sich hin. „Den finden wir nie", sagte Mario.

Eine Schaukel quietschte, dann war es wieder still.

„Wie viele Hunzos gibt's eigentlich noch bei uns?", fragte Mario plötzlich.

Patrick dachte nach. „Nur mehr den Husky von der Familie, die zu Ostern hergezogen ist. Das ist ein echter Schlittenhund. Manchmal heult er den ganzen Abend im Garten, wahrscheinlich will er zurück nach Alaska." Plötzlich war es, als explodierte eine Silvesterrakete in seinem Kopf. Patrick starrte Mario an. „Du bist genial!"

Mario nickte lässig. „Weiß ich."

Patrick wurde ganz aufgeregt. „Ich hab gestern am Computer alles aufgeschrieben, was bis jetzt passiert ist. Und weißt du, was ich da herausgefunden habe? Es passiert immer am Wochenende! Immer am Wochenende, verstehst du? Aber da müsste man doch, da könnten wir doch ..."

„Oida, du bist gar nicht so blöd, wie du ausschaust!"

„Weiß ich."

Sie mussten beide grinsen.

„Was ist heute?"

„Mittwoch."

„Samstag, Oida. Dann holen wir uns das Schwein."

„Hoffentlich."

Donnerstag und Freitag zogen sich wie Kaugummi. Nichts passierte, zum Glück. Der Husky bellte jedes Mal, wenn Patrick am Zaun vorbeiging, seine Augen waren so blau wie das Meer. Dir darf nix passieren, dachte Patrick. Er streckte die Hand durch das Gitter, und der Husky schnupperte daran.

Am Samstag nach der Schule trafen sie sich wieder im Park, er und Mario. Mario hatte wenig Zeit, er musste „noch was organisieren“. Um zehn am Abend wollten sie sich treffen. Zum Glück waren Patricks Vater und Fiona zu einem Geburtstagsfest eingeladen. Um acht Uhr waren sie endlich startklar, Fiona sah aus wie Cruella de Vil in blond. Im Türrahmen drehte sich sein Vater noch einmal um: „Du bist mir für alles verantwortlich, klar?“

Patrick nickte nur, dann fiel die Tür ins Schloss. In der Küche stand Marvin mit seinem Plüschdelfin im Arm. „Du kommst mir nicht in die Quere, verstanden?“, blaffte Patrick. Marvin und der Delfin verschwanden.

Um zehn vor zehn stand Patrick vor der Haustür, es schüttete wie aus Eimern. Plötzlich kam ihm ihr Plan völlig durchgeknallt vor. Einen Hund zu beschützen, mitten in der Nacht. Vielleicht war ja wirklich alles nur ein Zufall gewesen, und die doofen Viecher waren einfach so verreckt. Und er stand hier wie ein Vollidiot. Wenn wenigstens ... Eine dunkle Gestalt tauchte im Regen auf, mit Kapuze und hochgezogenen Schultern, wie aus einem Zombieschocker. „Scheißwetta, Oida!“

Mario, wer sonst. Patrick seufzte vor Erleichterung. Er zog sich ebenfalls die Kapuze über den Kopf, dann rannten sie los. Gegenüber vom Garten mit dem Husky stand ein Wartehäuschen für den Bus in die Stadt, von dort aus wollten sie alles beobachten. Aber Mario war immer für Überraschungen gut. Er deutete voller Stolz auf einen uralten VW-Golf, der nur mehr vom Rost zusammengehalten wurde. „Hab ich organisiert. Von meinem Bruder."

Patrick war platt. Wie beim FBI, eine echte Beschattung. Sie ließen sich auf die Sitze fallen, der Regen prasselte gegen die Scheiben. Mario hatte Zigaretten mit, Patrick hatte vorsorglich Chips eingepackt. Es war beinahe gemütlich. Bis plötzlich Mario, der große, starke Mario, einen erschrockenen Schrei ausstieß. „Hey, was ist das?"

In der Finsternis stand ein triefendnasser Zwerg und starrte ins Auto. Der Zwerg trug eine viel zu große Jacke, hielt einen blauen Klumpen an sich gedrückt und klapperte mit den Zähnen wie ein Halloweengespenst.

„Verschwinde! Hau ab, du Gnom!", rief Mario.

Patrick schluckte. „Das ist, also das ist, er ist nicht richtig mein Bruder, aber … lass ihn rein."

Mario machte ein finsteres Gesicht. Andererseits: Mit komplizierten Familienverhältnissen kannte er sich aus. Er drückte die hintere Tür auf, und der Zwerg kletterte ins Auto, wie eine pitschnasse Robbe. Delfi musste geschätzte 100 Kilo wiegen, er war ganz aufgequollen vom Regen. „Was ist dir da eingefallen?", brüllte Patrick. Aber Marvin saß nur da mit gesenktem Kopf und schniefte leise vor sich hin.

„Da!“, schrie Mario wieder, aber es rannte bloß ein Mann vorbei und hielt sich eine Tasche über den Kopf. Dann ging ein Paar vorüber, dann passierte lange nichts. Mario hatte die Augen geschlossen, Marvin zog den Rotz hoch. Und dann – dann war da plötzlich diese Gestalt. Sie kam angeradelt im Regen, bremste haarscharf vor dem Gartenzaun, hinter dem bei Tag immer der Husky bellend auf und ab lief.

Patrick wagte kaum zu atmen, sein Herz pochte wie wild. Irgendetwas stimmte nicht mit diesem Typ. Dabei kam er ihm sogar bekannt vor. Der Mann griff in seine Jackentasche und holte eine Wurst hervor, das konnte Patrick auch auf diese Entfernung erkennen. Er schleuderte die Wurst über den Zaun, grinste und sah sich nach allen Seiten um.

„Aber das ist doch, das ist ja der …“ Patrick wollte es gerade rufen, da legte sich eine große Hand über seinen Mund.

„Still, Oida!“

„Aber das ist doch der Lanner, der Doktor Lanner!“, flüsterte Patrick.

Der radelte davon, und sie starrten ihm einfach nur nach.

„Und jetzt, was sollen wir machen? Warum tut der so was?“ Patrick hätte am liebsten geweint. Ausgerechnet der Lanner. Was sollten sie gegen einen wie den nur ausrichten?

„Rrrrggg." Mario fuhr sich mit der Hand quer über die Gurgel. Aber das war nur ein Scherz, das war auch Mario klar.

„Ich weiß was!" Der Zwerg auf dem Rücksitz hatte zum ersten Mal gepiepst. Mario und Patrick drehten sich um und starrten Marvin mitsamt seinem pitschnassen, himmelblauen Plüschdelfin an.

8. Februar **2021**, Exklusivmeldung der europäischen Nachrichtenagentur ÖKOPAX:

> Einem unserer Reporter ist es gelungen, die Spur jener Gruppe zurückzuverfolgen, die immer wieder mit aufsehenerregenden Aktionen auf gequälte Tiere aufmerksam macht und dabei stets das Bild eines Delfins zurücklässt. Zum ersten Mal soll eine solche Aktion vor sechs Jahren stattgefunden haben, als ein Tierquäler mittels Flugblättern mit Delfinaufdruck enttarnt wurde. Wir werden weiter berichten.

PETRA HARTLIEB

Steig nicht ein

„Klara? Hey, ich bin's, Marie. Was geht? Ja, alles cool bei mir. Na ja, oder eigentlich nicht. Meine Mutter dreht voll durch. Will mir nicht erlauben, am Samstag auf die Party zu gehen. Wegen Latein. Dabei ist es eh nur ein Vierer. Ich mein, ein Vierer! Hallo? Und jetzt zickt sie voll rum und meint, dass ich nichts gelernt habe. Sie. Die kein Wort Latein kann. Dabei hab ich mich so gefreut. Gustav aus der Sechsten kommt auch … Na, weißt eh, dieser Süße mit den dunklen Locken. Wie, du gehst auch nicht? Wegen dem Geburtstag deiner Oma? Das gibt's doch nicht. Du musst mitkommen! Nein, ich überred' sie schon, die Mama, und wenn nicht, dann hau ich einfach ab. Ich sag, ich geh früh schlafen, und geh einfach hinten raus. Das merkt die nie. Warte mal, ich muss umsteigen … ich melde mich gleich wieder …“

„Hallo, da bin ich wieder. Na, im 40er. Also, wegen der Party. Du kommst einfach nach, okay? Nein, heute muss ich babysitten … ja, der Vater von den Kleinen ist Fotograf, der schaut mich immer so nett an, vielleicht macht er mal ein paar Fotos von mir. … Ja, ich meld mich, muss jetzt aufhören, bin gleich da. Bussi. Hab dich lieb … ja, wegen Samstag telefonieren wir, okay?"

Die beiden Kleinen saßen frisch gebadet in ihren Pyjamas am Küchentisch und aßen Butterbrote und Fruchtzwerge. Toni rieb sich schon die Augen, er sah so müde aus, es würde ein leichter Job werden, ihn ins Bett zu bringen. Anna war da schon schwieriger, sie freute sich immer so, wenn Marie zum Aufpassen kam, wollte stundenlang spielen und vorgelesen bekommen.

Marie musste sich was einfallen lassen, sie hatte noch ziemlich viel Matheaufgabe, und dann wollte sie noch unbedingt fernsehen, schließlich hatten die Steiners Netflix und einen Riesenbildschirm. Richard, Annas und Tonis Vater, grüßte sie flüchtig und verschwand dann im Bad. Marie war ein wenig enttäuscht, sie hatte doch lange überlegt, was sie anziehen sollte.

Der nächste Schultag war eine mittlere Katastrophe. Sie hatte zwar ihre Matheaufgabe noch schnell in der großen Pause abgeschrieben, aber ab der dritten Stunde fielen ihr permanent die Augen zu. Die Mutter hatte sie beim Frühstück nur böse angeschaut, als könne sie was dafür, dass die Steiners so spät nach Hause gekommen waren. Immerhin hatte Richard sie bis zur Haustür gebracht und ihr das Babysittergeld mit einem süßen Lächeln in die Hand gedrückt.

„Marie, kannst du bitte noch in den Supermarkt gehen? Wir haben keine Milch und kein Brot mehr!" Das war das Erste, was Mama heute in einem normalen Tonfall zu ihr sagte, und Marie zog sich, ohne zu murren, die Schuhe an. An der Kassa war eine lange Schlange, sie hatte keinen Einkaufswagen genommen, hielt die drei Liter Milch und das Brot unterm Arm und stellte sich an. Ein Heidelbeerjoghurt balancierte sie obenauf, und als sie von einem Einkaufswagen angerempelt wurde, fiel ihr der Becher auf den Boden und zerplatzte.

Dunkelviolettes Joghurt ergoss sich über ihre Schuhe, den Boden. Wie peinlich! Die Kassiererin verdrehte genervt die Augen und klingelte einem Kollegen, der mit Wischmopp und Eimer angeschlichen kam. „Tut mir leid", murmelte Marie, warf ihr Geld aufs Laufband und verließ eilig den Supermarkt.

Als sie auf den Gehsteig trat, hörte sie eine leise Stimme von hinten. „Hey, brauchst du?" Ein Typ im grünen Parka hielt ihr ein Taschentuch entgegen und deutete mit dem Kopf auf Maries Schuhe. Ihre schwarzen DocMartens waren voll violettem Joghurt. „Warte, ich halte dir die Einkäufe, dann kannst du dich abwischen."

„Geht schon, danke."

„Du hast auch dein Wechselgeld vergessen. Die sind aber auch immer so unfreundlich." Er blieb stehen, hielt ihr Milch und Brot und sah zu, wie sie die Schuhe notdürftig reinigte.

„Danke." Marie nahm die Sachen wieder an sich, er lächelte sie an, drehte sich um und ging. Wow! Was war das denn? Der Typ war mindestens zwanzig. Und sah aus wie ein Schauspieler. Cooler Bart, tolle Augen. Warum war der so nett?

Die Mutter hatte sich ein wenig beruhigt, und Marie versuchte, sie nicht zu provozieren. Räumte brav den Teller in die Spülmaschine, brachte den Müll runter, ließ die Schuhe nicht mitten im Wohnzimmer liegen. Es war ja erst Mittwoch, vielleicht überlegte sie sich das mit der Party noch bis Samstag. So heimlich zu verschwinden wäre irgendwie nicht so toll … andererseits, wenn sie gezwungen wurde?

Marie trat am Donnerstag aus dem Schulhaus, und es regnete wie aus Kübeln. Unschlüssig blieb sie stehen, vielleicht hörte es auch wieder auf, dann konnte sie trocken nach Hause kommen. Ihre Freundinnen waren alle schon weg, sie hatte noch Bibliotheksdienst, musste die zurückgegebenen Bücher in die Regale sortieren.

„Hey!" Zuerst sah sie ihn gar nicht. Er kam über den kleinen Platz, den Kragen des grünen Parkas weit nach oben gezogen. In der Hand hielt er einen überdimensionalen Regenschirm, der in den Regenbogenfarben strahlte. „Du bist doch das Mädchen aus dem Supermarkt? Das mit dem Heidelbeerjoghurt? Soll ich dich zur Straßenbahn bringen?"

„Ja, aber … aber was machst du hier?"

„Ich bin zufällig vorbeigekommen und hab dich hier stehen sehen. Ich bin anscheinend immer da, wenn du in einer misslichen Lage bist."

Sein Lächeln war warm und offen, und Marie schlüpfte schnell unter den Schirm, der zum Glück groß genug war. Sie konnte locker neben ihm gehen, ohne ihn zu berühren.

Er brachte sie zur Haltestelle, hielt den Regenschirm über sie, bis sie eingestiegen war. Gerade als die Tür zuging, rief sie ihm zu: „Wie heißt du eigentlich?", doch er lächelte nur, drehte sich um und ging. Irgendwie dachte Marie heute weniger an Gustav aus der Sechsten, der war doch eigentlich auch noch ein Kind, mit seinem Rockstargetue, nur weil er Bass in der Schulband spielte.

Der Typ aus dem Supermarkt, der sah echt gut aus. Wie alt mochte er wohl sein? Und ob er hier in der Nähe wohnte? Als Klara anrief, war Marie seltsam wortkarg: „Du, ich schau mal, wegen der Party. Ich mein, wenn meine Mutter so gar nicht will … Ja, ich weiß eh … schau ma mal."

Kurz vor Ladenschluss lief sie noch mal schnell zum Supermarkt – die Butter war aus –, was Maries Mutter mit einer hochgezogenen Augenbraue kommentierte. Immerhin gab sie ihr noch Geld für Cola und Chips mit. An der Kasse blickte Marie sich um, vielleicht war er ja hier.

Marie war schon fast eingeschlafen, checkte noch einmal ihren Facebook-Account und hatte, neben den üblichen Selfies ihrer Klassenkameradinnen, eine neue Freundschaftsanfrage. *Max sendet dir eine Freundschaftsanfrage.* Max' Profilbild war das Foto eines Heidelbeerjoghurtbechers. Marie stockte der Atem. Das ist er! Sie drückte auf *Freundschaft annehmen.* Und schaltete sofort das Handy ab. Nie Fremde auf Facebook als Freunde annehmen, das war der Deal mit ihrer Mutter, aber so richtig fremd war er ja nicht, sie hatten sich zweimal unterhalten, er war nett. Und er hieß Max. Wie süß … das passte.

Marie wusste selbst nicht so genau, warum sie Klara nicht von Max erzählte. Eigentlich erzählte sie Klara sonst immer alles. Wirklich alles, aber diesmal hatte sie das Gefühl, sie müsse diesen Max für sich behalten, er war so etwas wie eine Märchenfigur, ein Ritter, der ihr in schwierigen Stunden zu Hilfe eilte. Darüber konnte man nicht einfach so erzählen.

Ich könnte mit dir Latein lernen. Nach einer Stunde schaltete Marie das Smartphone wieder an, und als sie die

Mitteilung las, blieb ihr Herz fast stehen. *Woher weißt du das?*

Ach, alle in deinem Alter haben Probleme mit Latein.

Danke, passt schon.

Es fühlte sich nicht richtig an. Woher wusste er das mit Latein? Sie hätte nicht zurückschreiben sollen, kurz überlegte sie, ihn wieder zu entfreunden.

In den nächsten Tagen lief alles ganz gut. Mama hatte sich wieder beruhigt und erlaubte ihr, auf die Party zu gehen. Bis elf. Und keine Minute länger.

Was verdienst du eigentlich beim Babysitten? Vielleicht hätte ich da einen cooleren Job für dich …

Wieder hatte Marie ein komisches Gefühl. Was wusste der noch alles von ihr? Erst diese Lateinsache, dann der Babysitterjob. Gut, das Ganze konnte auch Zufall sein, viele Mädels in ihrem Alter hassten Latein und jobbten als Babysitter. Aber irgendwie fühlte sich das alles nicht mehr gut an. Sie entfernte Max von ihrer Freundesliste. Vielleicht sollte sie doch Klara von ihm erzählen.

In der Freistunde saßen sie im Café Aumann an der Bar, und Marie trank einen großen Becher Kakao. Klara hatte sich – ganz erwachsen – einen Café Latte bestellt, Marie versuchte das immer wieder mit dem Kaffee, es schmeckte ihr einfach nicht. Sie rührte gedankenverloren in dem hohen Becher, als sie plötzlich eine Stimme direkt neben sich hörte. „Hey, Marie! Schön, dich zu sehen. Und du musst Klara sein."

Da stand er, in seinem grünen Parka, mit dem Dreitagesbart, und sah einfach umwerfend aus. Klara starrte ihn an und warf ihr Haar kokett über die Schulter. „Und wer bist du?"

„Das ist Max." Marie wusste nicht so recht, was sie sagen sollte. Warum wusste der, wie ihre Freundin hieß? „Ein … ein Bekannter. Wir kennen uns aus dem Supermarkt."

„Aus dem Supermarkt?" Klara lachte auf. „Bist du Kassier, oder was?"

„Nein, ich hab Marie nur einmal aus der Patsche geholfen."

„Ja, und seitdem laufen wir uns ständig über den Weg." Der Satz klang härter, als Marie es beabsichtigt hatte, und Klara blickte sie wieder verwundert an. „Du, wir müssen wieder in die Schule. Die Stunde fängt gleich an." Marie legte das Geld auf den Tresen, rutschte vom Barhocker, warf Max ein kurzes „Ciao" hin und verließ mit Klara im Schlepptau das Café.

„Mein Gott, der ist ja heiß! Warum warst du denn so unfreundlich? Der ist doch der Hammer." Klara war ganz aufgeregt.

„Ich weiß auch nicht, irgendwie verfolgt der mich."

„Ach, du spinnst ja. Der ist doch supersüß."

„Ja, eh. Aber … ach, ich weiß auch nicht. Was ist jetzt eigentlich mit der Party am Samstag?"

„Ich muss zum Geburtstag meiner Oma. Es geht nicht anders."

„Pah, na dann geh ich halt allein. Du bist langweilig."

„Selber langweilig. Kannst ja mit deinem Max gehen."

Marie stand lange vor ihrem Kleiderschrankchaos und konnte sich nicht entscheiden. Jeans oder doch ein Rock? Das bunte Kleid oder die Leggins mit den Shorts darüber? Irgendwie hatte sie gar keine rechte Lust auf diese Party. Wenn Klara nicht mitkam. Ihre Mutter rief ihr noch mal nach, dass sie ja pünktlich zu Hause sein sollte, und Marie trat auf die Straße.

Zuerst sah sie das Auto. Ein schwarzer VW-Käfer, einer von den alten, mit Trittbrettern an den Türen. So einen will ich mal, dachte sie, und dann hörte sie ihren Namen. „Marie! Hallo! Hier bin ich! Hallo, Marie!" Max saß in dem Käfer, einen Ellbogen lässig aus dem Seitenfenster, und winkte ihr zu. Maries Herz machte einen kleinen Hüpfer. Was war eigentlich mit dem? „Nimmst du mich mit auf die Party?"

„Woher weißt du von der Party?"

„Na, hast du mir doch erzählt!"

„Hab ich nicht."

„Hast du doch. Willst du mit mir streiten?" Max strahlte sie an. „Komm, steig ein, ich fahr dich."

„Was willst du auf dieser Party? Die sind alle zehn Jahre jünger als du!"

„Ja, du hast recht. Aber was willst du dann da? Da passt du doch auch nicht hin, oder?“

Marie lehnte an der Autotür und fühlte sich geschmeichelt. Er erkannte, dass sie reifer und schlauer war als viele in ihrem Alter.

„Wie alt bist du denn eigentlich?“

„Sechzehn“, log Marie. Sie war vor zwei Monaten fünfzehn geworden. „Und du?“

„Vierundzwanzig. Komm, steig ein, wir gehen was trinken. Ich lad dich ein.“

„Nein danke. Woher weißt du eigentlich immer, wo ich gerade bin?“

„Zufall? Schicksal?“

Das fühlte sich wirklich alles nicht gut an. Marie hatte das Gefühl, als wäre sie in einem Traum gefangen, in einem gruseligen Film, wo man auf dem Sofa sitzt und der Hauptperson die ganze Zeit zuraunen will: „Tu's nicht. Steig bloß nicht ein. Glaub ihm nicht.“

Sie drehte sich abrupt um. „Ich fahr mit dir nirgendwo hin. Lass mich in Ruhe. Ich geh jetzt nach Hause.“

„Und die Party?“

„Ich hab keine Lust mehr auf die Party.“

Als Marie die Wohnungstür aufschloss, sah ihre Mutter sie groß an. „Was machst du denn schon da?“

„Ich hatte doch keine Lust. Hab Kopfweh.“

„Da hast du die ganze Woche von nichts anderem

geredet als von dieser Party, und dann gehst du nicht hin? Da steckt doch was anderes dahinter, oder?"

„Nein, alles gut. Gibt's was zu essen?"

„Ja, ich hab mir was vom Chinesen bestellt und wollte – so wie du, wenn ich nicht da bin – vor der Glotze essen."

„Cool, teilst du mit mir?"

„Klar, hol dir eine Schüssel."

So einen gemütlichen Abend hatte sie schon lange nicht mehr mit ihrer Mutter gehabt, auch wenn ihr der Krimi eine Spur zu gruselig war. Sie saßen zusammen auf dem Sofa, futterten Frühlingsrollen und Wokgemüse und hatten es richtig nett.

Zuerst wunderte Marie sich, als sie von Klara via WhatsApp ein Foto eines Aperol-Spritz bekam. Die war doch auf der Geburtstagsparty ihrer Oma?! Sie schickte ein Fragezeichen zurück und wartete auf eine Erklärung.

Zwanzig Minuten später kam das verwackelte Bild eines Lokals, man erkannte viele Menschen, einen langen Tresen – das war doch nicht mit der Familie beim Heurigen!

Als der Film zu Ende war, ging Marie ins Bett und versuchte Klara anzurufen. Das Handy klingelte ins Leere, und dann sprang die nervige Mailbox an: *Ich habe keine Lust zu quatschen, ruf später an.*

Zehn Minuten später kam das nächste Foto, es war

von einem Auto heraus geschossen worden. Nach vorn, in die Nacht, man sah Bäume und Schatten und … Marie hielt die Luft an: einen Teil einer runden, schwarzen Kühlerhaube. Verdammt, das war doch … das war … das Auto von diesem Joghurt-Typen, Max! Warum war Klara in diesem Auto?

Zuerst bekam sie eine schreckliche Wut auf ihre beste Freundin. Warum musste die immer alles haben, was sie hatte? Warum musste die sich immer so in den Vordergrund drängeln? Doch je länger sie darüber nachdachte, desto unheimlicher wurde ihr die ganze Geschichte. Nach dem letzten Foto war nichts mehr gekommen, und Marie drückte gefühlte 100-mal Klaras Nummer. Vergeblich. Da war was faul, ganz sicher.

„Du, Mama? Schläfst du schon?"

„Hm. Jetzt nicht mehr." Ihre Mutter knipste die Nachtischlampe an und sah ihr verwundert entgegen. Marie kauerte sich ans Fußende des Bettes, zog sich die Decke über die Schultern und überlegte, wie sie ihrer Mutter die ganze Geschichte erzählen sollte, da kam die nächste SMS: *Du musst mir helfen! Scheiße, Marie, ich weiß nicht, wo ich bin.*

ROBERT PREIS

Im Nebel

„Hinter meiner, vorder meiner, links, rechts, gilt's nix, ich KOMME!"

Das letzte Wort hatte Sebastian aus voller Kehle in die weißen Schwaden gebrüllt. Nicht nur, damit ihn die anderen hören konnten. Er musste zugeben, dass er auch gegen das eigene Herzklopfen anschrie. Gegen den Nebel. Obwohl er sich bemühte, laut zu sein, hatte er das Gefühl, als ersticke dieser Nebel seine Stimme. Als habe ihm jemand ein Leintuch über den Kopf gestülpt. Als drücke sich eine Hand auf seinen Mund und … Schluss!

Er unterdrückte seine Nervosität und blickte angestrengt in die verschwommene Umgebung. Wenn Bruno und Moritz zur selben Zeit losgingen und sie einander auf dem Weg zur Schule trafen, spielten sie meist dieses dämliche Spiel. Er, Sebastian, fand sich dann bald in irgendeiner Häuserecke, ein Zwölfjähriger, der *Hinter meiner* brüllt und darauf hofft, die beiden zu finden, ehe sie den Schulhof erreichen. Die Spielregeln waren einfach: Er durfte dabei nicht stehen bleiben, und sie mussten ihn überholen, ohne von ihm gesehen zu werden.

Blödes Spiel ...

Diesen Weg war Sebastian schon Hunderte Male gegangen. Als sein Vater ihn begleitete, damals, als er noch klein war, nannten sie ihn den geheimen Weg. Sie malten sich aus, dass diese Abkürzung zwischen den Wohnblöcken niemand sonst kannte. Sebastian musste grinsen, als er sich jetzt daran erinnerte, wie enttäuscht er gewesen war, als er entdeckte, dass auch andere Kinder auf diesem Pfad marschierten.

Mittlerweile nahm Sebastian den Schulweg längst alleine. Aber die alten Geschichten, die sein Vater ihm früher erzählt hatte, tauchten immer wieder auf. Vor allem in Situationen wie diesen. Sebastian stolperte über eine schief liegende Waschbetonplatte und wäre fast auf dem Hosenboden gelandet. „Sch...", schimpfte er. Und stellte fest, dass sein Herzklopfen lauter geworden war.

Das Rundherum tauchte so unvermittelt aus dem Nebel auf, dass es den Anschein hatte, es würde sich auf ihn stürzen. Ein Knirschen und Schleifen ließ Sebastian erstarren. Ein Schatten raste tatsächlich auf ihn zu. „'Tschuldige", rief das Mädchen, das ihn mit dem Fahrrad beinah über den Haufen gefahren hatte.

„Dumme Gans", brüllte er ihr nach. Von Moritz und Bruno immer noch keine Spur.

Der Nebel und der November ließen die Leute nicht nur vor Kälte tief in ihre Krägen kriechen, es war auch die Zeit der Alten. Da formten Omas und Opas, Papas und Mamas ihre Gesichter zu hämischen Fratzen und freuten sich diebisch über ihre Gruselgeschichten. Da kam Allerheiligen, die Zeit der Toten. Halloween. Die ersten Perchten und Krampusse. Die Hexen. Die Horror- und Fantasyfilme im Kino. Wie er das alles hasste.

Sebastian hatte nie verstanden, was so toll daran sein sollte, sich zu fürchten. Die einzigen Geschichten, die ihm gefielen, waren jene des Vaters. Und bei Nebel, das fiel ihm jetzt ein, hatte es immer dieselbe Geschichte gegeben. Jene von Cornelius, Cornelius Grubenschürz.

Sie handelte davon, dass sich ein Junge im Nebel verirrte und verzweifelte. Dieser Junge konnte den Weg zur Schule einfach nicht mehr finden. Da vernahm er plötzlich eine Stimme, die ihm zurief: „Hey, Junge, folge einfach dem Klopfgeräusch, ich bring dich hier raus." Und der Junge stieg Minuten später tatsächlich aus dem Nebelloch. Er fand ein kleines Männchen mit spitzen Ohren und einer Glatze, auf einem Kanaldeckel sitzend. Es sah niedlich aus und doch irgendwie fremd und anders. Er wusste gleich, dass es dieses Wesen war, das ihn gerettet hatte.

„Wer bist du?", wollte der Junge wissen.

„Ich bin Cornelius Grubenschürz“, sagte das Männchen. „Und ich wohne hier unten, im Kanal. Wann immer du Probleme hast, den Weg zu finden, ruf mich. Ich kann dir helfen.“

„Und du machst das einfach so? Was kann ich dir dafür geben?“

„Gar nichts“, lächelte das Wesen. „Ich erfreue mich einfach deiner Gesellschaft.“

Ja, so etwas gab's. Ein unheimliches Wesen, das keine Bedingungen stellte und nur ein Freund sein wollte. Vaters Geschichten waren eben wirklich anders. Ein bisschen unheimlich zwar, aber nicht sehr.

Jetzt war Sebastian schon älter. Kein Platz mehr für solche Schauermärchen. Und für Papas, die einen an der Hand nahmen auf dem Weg in die Schule.

Trotzdem: Sebastian hätte mit ihm weiterhin in der Früh zur Schule spazieren sollen. Einfach plaudern, über dies und das. Seite an Seite. Weniger wie Papa und Sohn, mehr wie Freunde. Dann hätte es solche Situationen wie diese jetzt nicht gegeben. Wo der Nebel immer dichter wurde. Alle Geräusche unterdrückte. Nicht einmal Cornelius Grubenschürz könnte ihm jetzt helfen.

Fast wäre Sebastian versucht gewesen, Cornelius' Namen in den Nebel zu rufen.

„PUUH“, hörte er plötzlich und fuhr herum. Aus der Nebelwand starrten ihm zwei hässliche Fratzen entgegen.

„AAHH“, schrie Sebastian vor Schreck auf und

machte einen Satz zurück. Ja, beide Beine waren in der Luft gewesen, er hatte es gespürt. Und sich im selben Moment unendlich dafür geschämt.

Das Lachen der beiden Idioten war so laut, dass kein Nebel der Welt es verschlucken konnte. Sebastian würde die Lachnummer des ganzen Vormittags werden. Wahrscheinlich der ganzen Woche.

Moritz und Bruno kamen aus ihren Verstecken, krümmten sich vor Kichern und liefen Sebastian in den Nebel hinein davon.

„Ja, ja, ihr Trottel, lauft nur." Er hatte absolut keine Lust mehr, ihnen zu folgen. In die Schule. Ins Klassenzimmer. Ins Gelächter. Das einzig Gute war, dass das Spiel zu Ende war. Er konnte wieder normal weitergehen. Lauschte auf seine Schritte. Sein Herzklopfen.

Eine Thujenhecke tauchte wie aus dem Nichts auf. Eine Verkehrstafel. Ein Mülleimer. Sebastian stellte sich vor, wie unmittelbar vor ihm ein weißer Lieferwagen fuhr, aus dem Männer sprangen, die die Dinge extra für ihn aufstellten. Alles sah so aus, als sei es soeben hingestellt worden.

Und dann tauchte plötzlich tatsächlich der weiße Lieferwagen vor Sebastians Augen auf. Und es sprangen tatsächlich zwei Männer aus dem Wagen. Doch sie stellten nichts auf. Nein, Sebastian ertappte sie nicht dabei, wie sie ihm irgendetwas in den Weg stellten und ihm etwas vorgaukelten.

Sie nahmen nur etwas weg. Sie griffen sich etwas, das Sebastian nicht für möglich gehalten hätte. Sie griffen nach – ihm.

Es war komisch, die Polizei in der Schule zu wissen. Alles war sehr aufregend. Und traurig. Es wurde schnell klar, dass Sebastian in ernsthaften Schwierigkeiten stecken musste. Bruno war schon einige Zeit draußen auf dem Gang. Er hatte geweint und konnte sich kaum beruhigen. Für ihn, Moritz, war der Auftritt nur noch peinlich.

Was konnten sie denn dafür? Gar nichts. Sie hatten Sebastian hinter sich gelassen. Waren an ihm vorbei in die Schule gerannt. Und dann war er nicht mehr aufgetaucht. Wie vom Erdboden verschluckt. Vom Nebel.

Nur dieser Wagen war da gewesen. Der war ihnen aufgefallen, weil er mit den Reifen am Gehsteig geparkt hatte, so blöd, dass sie hintereinander gehen mussten. Moritz hatte noch daran gedacht, ein Foto mit dem Handy zu machen, ließ es aber dann doch bleiben.

Er hatte all das bereits der Polizei geschildert. Alle bekamen frei. Alle gingen irgendwann nach Hause. Ungewöhnlich viele Eltern standen im Schulhof. Betroffenheit lag über dem Herbsttag. Der Nebel war einem kalten, klaren Tag mit kräftigen Farben gewichen.

Moritz schaute sich um. Ihn holte niemand ab. Wahrscheinlich hatte Paps sein Handy mal wieder irgendwo liegen lassen – im Handschuhfach, oder in einer Hose, die in der Wäschetruhe lag. Und Müml, seine Mutter, hatte sowieso kein Telefon. Da war sie altmodisch.

So machte sich Moritz also allein auf den Weg und bemerkte die Gestalt, die am Straßenrand auf einem Schemel hockte, schon von Weitem. Ein alter Mann saß mit einem Pinsel in der Hand und malte an einem Bild. Wie im Urlaub diese Typen in den Fußgängerzonen.

Einen Maler hatte er hier noch nie gesehen. Was mochte der hier malen? Die Häuser? Die Autos? Den Himmel, an dem sich die feinen Linien von Flugzeugen abzeichneten?

„Komm nur näher", forderte ihn der Mann plötzlich auf, und Moritz erschrak. „Mein Name ist Grieselgram. Sag mir, Junge, gefällt dir dieses Bild?"

Und ob er wollte oder nicht, kam Moritz näher und beobachtete den Maler bei der Arbeit. Er traute seinen Augen kaum: Der weiße Wagen am Wegesrand von heute Früh! Aus den beschlagenen Scheiben starrten ihm Gesichter entgegen. Es war ein unheimliches Gemälde. Er erkannte zwei Maskierte, die einen Jungen im Schwitzkasten hielten. Sebastian! Und Moritz wusste genau, wer die anderen beiden waren. Jeder würde das erkennen. Schließlich trugen sie dieselben Jacken. Und ihre Schultaschen lehnten draußen vor dem Wagen.

Moritz schnappte nach Luft.

„Wie?", sagte Grieselgram. „Hast du etwa jemanden wiedererkannt?" Er lächelte, doch in seinen kugelrunden Augen war keine Spur von Fröhlichkeit auszumachen. „Hast du etwa erkannt, dass ihr zu weit gegangen seid?"

Moritz trat einen Schritt zurück. „Was wollen Sie?"

„Ich hab ihm die Kleider, die ihr in den Mistkübel geworfen habt, zurückgegeben. Mich mit ihm unterhalten. Und dieses Bild gemalt. Siehst du, ich bin gerade dabei, eure Taschen zu malen. Ich hab ein gutes Gedächtnis, weißt du." Er tippte sich an den Kopf. Eine Geste, die man auch anders verstehen konnte.

Moritz hatte zu schwitzen begonnen. „Wo ist Sebastian jetzt?" Da hörte er eine Stimme und blickte in Richtung Schulhof. „Ja, heilige Sch…"

Er war es. Er war es wirklich! Moritz rannte zurück und drängte sich durch die Menschentraube, die sich schon gebildet hatte. Und Sebastian war ganz schmutzig, aber so wie es aussah, ziemlich *ganz*. Also ohne großartige Verletzungen und so. „Im Nebel verirrt", vernahm Moritz als Wortfetzen, und „Nichts passiert. Alles okay."

Er atmete auf. Sebastian hielt dicht. Gott sei Dank. Er würde ihm morgen dafür auf die Schulter klopfen, jetzt würde er sowieso nur herumgezerrt. Von der Mutter zur Polizei, von dort zur Direktorin, wieder zur Mutter. Da konnte Moritz gleich nach Hause gehen. Außerdem hatte ihm bei der Drängelei um Sebastian jemand sein halbes Eis auf den Pullover gedrückt. Ein Eis, bei *dem*

Wetter und mitten im Herbst. Konnte nur ein verzogenes kleines Kind sein. Unfassbar. Moritz prägte sich das Gesicht des kleinen Bengels ein und nahm sich vor, es ihm eines Tages heimzuzahlen.

Als er wieder auf dem Nachhauseweg war, stellte er fest, dass an der Stelle, wo der Maler zuvor gesessen war, nur noch der leere Schemel lehnte. Moritz blickte sich um. Wo war der Alte? Und vor allem: Wo war dieses Bild?

Als er weiterging, bemerkte er einen Wagen, der ihm im Schritttempo folgte. Er zog den Kopf ein und wollte schon schneller gehen, als ihn jemand ansprach. Er blickte auf. Ein Polizeiwagen. Hinterm Steuer eine Frau. Am Beifahrersitz ein Mann. Sie hatte ihn angesprochen. Doch Moritz sah nur den Gegenstand auf dem Rücksitz des Streifenwagens. Das Bild. Sie hatten das Bild. Das Gemälde, auf dem zwei Maskierte einen Jungen in einem alten, weißen Lieferwagen in die Mangel nahmen. Vor dem Auto die Taschen. Genau so eine, wie er sie auf seinem Rücken trug. Einer der Maskierten trug auch die Jacke, die er jetzt anhatte.

Sebastian dachte sich dasselbe, als sie sich um ihn drängten und drückten und ihn küssten. Es war doch alles in Ordnung gewesen. Er hatte nur die Zeit übersehen. Und den Weg. Grubenschürz hatte ihm wohl doch nicht geholfen.

Und die Leute in dem Wagen? Der Wagen.

Ja, die hatten ihn wirklich in den Wagen gezerrt. Ihn gedemütigt. Er hatte nicht gewusst, wie er aus dem Schlamassel herauskommen sollte. Und dann war plötzlich dieser Mann aufgetaucht. Er hatte seine Sachen. Und einen Plan. Einen guten Plan.

Verwirrend war nur, dass ihm nun auch eine weitere Geschichte seiner Vaters einfiel. Jene über einen Maler, bei dem alles, was er malte, Wirklichkeit wurde. Wie ein Zauber. Wie hieß der Maler noch gleich? Grusel. Oder Griesel … Egal.

Konnte es sein, dass die Figuren aus Papas Geschichten ihn immer noch beschützten?

Verkorkster Gedanke.

FRANZ ZELLER

Nackt im Netz

Ich bin einfach ausgerastet. Das ist mir noch nie passiert. Als mich die Mistkröte abfällig angrinste, mit dem hämisch nach oben gezogenen rechten Mundwinkel, habe ich zugeschlagen. Mitten auf die Nase.

Und dann nicht mehr aufgehört.

Immer wieder auf sein Gesicht. Er hielt sich den Kopf und konnte sich überhaupt nicht wehren. Ich habe nichts gespürt. Weder meine Fingerknöchel noch meine Handrücken taten weh. Erst als Zoe mich mit ganzem Körpereinsatz wegdrängte, gingen meine Schläge ins Leere, und ich hörte auf.

Das Blut floss stoßweise aus seiner Nase, nach kurzen Pausen kam immer wieder ein neuer Schwall nach. Es berührte mich nicht. Ohne Zoe hätte das Ganze schlimmer ausgehen können.

„Das ist verrückt. Und ich dachte immer, David ist so gelassen“, hörte ich Patrick sagen.

„Halt den Mund“, zischte Zoe nur und hielt mich umarmt. Nein, eigentlich versuchte sie mich zu bändigen, nicht liebevoll die Arme um mich zu legen. „Ruhig, David, ruhig“, flüsterte sie, „ich weiß, du bist momentan etwas angespannt.“

„Angespannt.“ Was für ein Schwachsinn. Hat sie das von ihrem Vater, dem biederen Schnösel-Anwalt? Ich bin nicht angespannt. Zoe weiß das nicht. Sie weiß auch nichts von den letzten Wochen. Sie ist zwar meine Freundin, aber nicht *meine Freundin*. Und sie hat auch nicht gehört, was Dominik mir beim Weggehen nachrief: „Morgen wissen es alle, du Opfer.“

Es hat im Jänner, vor fünf Wochen begonnen. Ich hatte mich wieder mal mit Dominik gestritten. Er ist der Einzige in der Klasse, der Stress macht. Dominik ist unscheinbar und bis in die Knochen durchschnittlich. Er versucht mich seit Ewigkeiten wegen meiner Freundschaft mit Zoe aufzuziehen und macht mich runter, wo es geht. Wahrscheinlich steht er auf sie. Aber so einen faden, computersüchtigen Langweiler wie ihn mag Zoe nicht. Hat sie zumindest behauptet.

Ich ging damals trotzdem angepisst heim. Leider wohne ich außerhalb, deswegen sehe ich meine Schulfreunde am Nachmittag nur selten. Und in der Stadt zu bleiben, das erlauben mir meine Eltern nicht. „Werde mal vierzehn, dann reden wir weiter“, sagt mein Vater immer. Noch ein Jahr. Mein großer Bruder Lukas hat ganz andere Freiheiten. Ich bin nachmittags fast immer allein, weil er in der Stadt noch einen auf lustig macht.

Ich schob mir ein Käsesandwich rein und setzte mich kurz ans Notebook. Nicht, dass ich besonders scharf bin auf Facebook, aber wenn mir langweilig ist, mache ich es doch auf. WhatsApp reicht meistens aus, wenn es um ein bisschen Chatten am Nachmittag geht. Routinemäßig kontrollierte ich Zoes Onlinestatus. Sie war nicht im Netz. Daneben wartete eine Freundschaftsanfrage von einem Mädchen namens Laura, mit dem schon einige aus der Klasse befreundet waren. Ich klickte einfach auf „bestätigen“. Ein paar Minuten später bedankte sich Laura Klar auf meiner Seite schon für die Freundschaft.

thx @david, chillst du auch gerade?

Yep.

irgendwelche musikvorschläge für mich?

Ich schickte ihr einen Link zu etwas von Prinz Pi.

thx, checke ich gleich mal.

Dann hörte ich eine Weile nichts von Laura. Auf ihrem Profilfoto war gerade einmal das halbe Gesicht zu sehen, braune Locken, ein lachender Mund und ein Auge mit grünem Lidschatten. Hübsch, ja, aber ich wollte an diesem Nachmittag eigentlich mit Zoe über Dominik plaudern und wie mir dieser Arsch auf die Nerven ging. Dann fiel mir ein, dass Zoe dienstags immer zum Schwimmtraining musste.

Ich klickte mich durch Lauras Profil. Sie wohnte in Hamburg und war schon fünfzehn. Keine Ahnung, wie meine Freunde zu ihr gekommen waren. Kurze Zeit später meldete sie sich zurück.

manno, @david, der song fährt!!! :) hab auch was für dich.

Laura hatte ein Video angehängt. Es war „Sunset Boulevard". Seit „Hollywood Hills" ist das meine absolute Lieblingsband.

Bevor ich noch antworten konnte, sah ich schon Dominiks Kommentar zu Lauras Link.

@Laura Willst dich wohl einschleimen bei @David – der steht so auf die Finnen, dass er dafür sogar seine Oma verkaufen würde.

Der Trottel wusste doch ganz genau, dass das gar nicht möglich war.

@Dominik Geht nicht, hab keine Oma mehr.

Und damit war Dominik auch schon wieder still.

@Laura Das Video war ein Volltreffer, danke. Werde es mindestens dreimal am Tag hören. Heute noch öfter :)

Zurück kamen drei Smileys.

Ja. Das war dann wohl der Anfang von etwas. Obwohl ich überhaupt nicht auf eine intensive Mädchenbekanntschaft aus bin. Zu kompliziert. Und wenn mich jemand umarmt, werde ich ganz unrund. Es fühlt sich an, als würde mich jemand fesseln. Aber ein Mädchen aus Hamburg, das umarmt dich nicht so schnell, wenn du in der Nähe von Salzburg sitzt.

Wir haben den ganzen Nachmittag miteinander verbracht. Sie schrieb, sie sei ein Einzelkind. Und ihre Eltern waren offenbar noch strenger als meine. Besonders ihr Vater hatte es auf sie abgesehen. Da wunderte es mich auch nicht, dass sie auf Facebook gerade mal dreißig Freunde hatte, die Hälfte davon aus meiner Klasse. Ihr Vater hatte ihr erst vor kurzem erlaubt, sich bei FB anzumelden. Instagram oder WhatsApp, das ging offenbar gar nicht. Laura reagierte richtiggehend schockiert, als ich sie danach fragte.

Wir wechselten auf Facebook also relativ bald auf den Chat, den nicht mehr jedermann kommentieren konnte, vor allem nicht meine ständige Heimsuchung Dominik.

Und irgendwann schickte sie mir ein Bild von sich im Bikini.

ein vertrauensbeweis. und weil ich dich so mag. ich kann mit niemandem so reden wie mit dir, david. nicht mal mit anderen mädchen.

„Ist was mit dir?", fragte Zoe am nächsten Tag. Sie kann ihre Stirn so in Falten legen, dass man einen Bleistift dazwischen klemmen könnte.

Vielleicht war ich zu dieser Zeit wirklich etwas abwesend in der Schule. Sehr viel engen Kontakt mit Mädels hatte ich ja noch nicht gehabt. Manchmal hatte ich schon überlegt, Zoe zu küssen. Aber umso länger ich darüber nachdachte, umso unpassender kam es mir vor. Eine Knutscherei mit Stefanie auf dem Schikurs, das war alles bisher.

Einen Tag nach dem Bikinifoto wollte ich Lauras Vertrauen erwidern und klappte wieder das Notebook auf. Ich stellte mich vor die Webcam und machte ein paar Fotos von mir in Badehose. Der Hintergrund war nicht ganz optimal gewählt. Man sah das Poster einer Oboe. Ja, ich spiele Oboe. Seit drei Jahren übe ich auch Keyboard. Und ich suche gerade nach Leuten, die mit mir eine Band machen, irgendwas im Stil der „Beth Edges" oder von „Bilderbuch". Außer einem Gitarristen habe ich noch niemanden gefunden.

Ich brauchte echt eine Weile, bis mir ein Foto gefiel.

„Es ist Jänner, Kleiner. Hast du getrunken?", hörte ich plötzlich Lukas' Stimme. Er stand in der Tür und grinste unverschämt.

Ich sah ihn entgeistert an.

„Okay, um ein Bewerbungsfoto geht es wohl nicht. Du bist verknallt. Das ist noch schlimmer." Er lachte. „Stell wenigstens die Helligkeit bei der Kamera richtig ein. Und du musst das 50-Herz-Flackern der Glühbirne kompensieren. Geht alles mit rechtem Mausklick." Damit ließ er mich allein. Lukas kennt sich echt aus.

Ich machte also noch ein paar Aufnahmen, bis eine passte. Kurz hatte ich ein ungutes Gefühl, als ich das

Foto an meine Nachricht anhängte, dann klickte ich auf „Senden“.

wow, du hast ja ein sixpack, kam umgehend von Laura zurück. Und wenige Minuten später schickte sie mir ein Herz. Damit begann dann eine Smiley-Orgie sondergleichen. Es war wie ein Dammbruch.

Ich sehnte mich nach Laura. Ich wollte sie bei mir haben. Und es hätte mir auch nichts ausgemacht, hätte sie mich umarmt. In meinem Bauch schwang ein großer, nervöser Boxsack herum.

Zoe packte mich in der Schule ein paarmal am Arm, weil sie mit mir reden wollte. Ich schüttelte sie ab. „Spinner“, hörte ich sie murmeln. Egal. Sollte sie denken, was sie wollte.

Mit Laura war es schön und irgendwie auch anstrengend, so auf Distanz. Immer wieder schrieb sie davon, dass sie nach Salzburg kommen wollte. Ihr Vater erlaubte ihr das natürlich nicht. Aber sollte er unverhofft auf Geschäftsreise gehen, wollte sie sofort in den Zug steigen. Ihre Mutter war offenbar nicht das Problem – sie stand ebenfalls unter der Knute des Familientyrannen. Nur: Lauras Vater reiste nicht gern. Uns blieb also nur Facebook.

Dann kam wieder ein Foto von Laura. In knallengen Jeans, ihr Rücken der Kamera zugewandt. Sie trug kein Leibchen, nur einen BH. Sein Verschluss war geöffnet. Die weißen Bänder hingen verspielt herunter, als müsste man Laura nur noch umdrehen und an sich drücken.

Ja, das Foto machte Lust auf mehr. Oder auf weniger. Auf weniger Wäsche.

Toll siehst du aus, Laura. Bin schwer begeistert.

Zurück kam ein zwinkernder Kusssmiley.

Was tun? Ich musste irgendwie reagieren. Aber ich bin nicht der laute Typ.

Ich tat also zuerst gar nichts.

Laura wurde unruhig.

was ist los, david?

Ich stellte mich tot.

Laura schickte eine Reihe Fragezeichen.

Irgendwie hatte ich Lust, mit ihr zu reden. Und gleichzeitig Angst davor. Bisher hatte es mit dem Chatten prima funktioniert. Vielleicht machte Reden alles kaputt. Gleichzeitig: Menschen sind realer, wenn man sie hört.

Können wir skypen, Laura?

sorry, david, hab weder mikrofon noch kamera.

Damit hatte sich das Problem von selbst gelöst. Dann: noch ein Foto von Laura.

ICH vertraue dir ja, david, auch wenn du mein vertrauen nicht erwiederst …

Dass Laura „erwidern“ falsch geschrieben hatte, sah ich kaum. Das Foto zeigte sie von vorn, mit nacktem Oberkörper. Manno.

Manno.

Ich nahm all meinen Mut zusammen und stellte mich vor die Webcam. Ich zog meine Unterhose ein paar Zentimeter hinunter und versuchte, selbstbewusst zu lächeln.

Mit Bauchgrummeln schickte ich das Bild los.

10 Sekunden später kam die Antwort.

Jetzt hab ich dich, du Idiot. Daneben hatte Laura ein kleines Teufelchen angehängt.

Und dann hörte ich zwei Tage nichts mehr von ihr. Ich suchte auf Lauras Profil und merkte, dass sie dort so gut wie nichts gepostet hatte, außer einmal ein Foto von Sunrise Avenue und ihrem Hamburg-Konzert im Dezember 2014.

Nur: Sunrise Avenue hatten im Dezember nicht in Hamburg gespielt.

Was war ich nur für ein Trottel gewesen. Sie hatte es von Anfang an auf mich abgesehen. Die Rechnung bekam ich kurze Zeit später präsentiert.

Zahl 100 € für Laura Devil bei Western Union ein, sonst sehen alle deine Klassenkameraden das Kinderpornobildchen.

Ich hatte nicht so viel Geld flüssig. Meine Eltern geben mir nur 20 Euro die Woche. Wenn Oma nichts extra spendiert, komme ich damit grad mal durch.

Ich hab nur 50, Laura. Bekomme nicht so viel Taschengeld. Und was soll der Scheiß überhaupt?

„Laura", LOL. du glaubst doch nicht wirklich, dass ich

so heiße. für so blöd hätte ich dich gar nicht gehalten. 100 und kein cent weniger.

Zoe konnte ich nicht anpumpen. Das hatte ich noch nie gemacht. Und mit ihr über so etwas Peinliches reden, konnte ich auch nicht.

Es blieb mir nichts anderes übrig, als Lukas um Geld zu fragen.

„100 Euro?“ Er saß in seinem Zimmer vor dem Computer und zog die Augenbrauen hoch. „Wofür brauchst du die?“

Ich zuckte mit den Schultern.

„Sag schon, David.“

„Ich muss die Oboe reparieren lassen.“

Lukas fixierte mich kurz. „Das zahlt doch Dad, ohne mit der Wimper zu zucken. Also, was ist los? Ich kenne dich. Wenn du so still herumschleichst, dann hast du was ausgefressen.“

Ich setzte mich auf Lukas' Bett. Hinter meinen Augen begann es zu brennen. Ich wehrte mich gegen die Tränen. Es gelang mir nur halb.

Lukas saß plötzlich neben mir und legte einen Arm um mich. „Das machen wir schon, Kleiner. Aber sag, was los ist.“

Stockend erzählte ich ihm die Geschichte mit Laura. „Schickst du mir mal die Bilder von Laura weiter?“, fragte er dann. „Eventuell kann ich über eine spezielle Google-Bild-Suche rausfinden, wo sie herkommen.“

Kurze Zeit wussten wir, woher die Bilder stammten: aus einer Serie in einer frei zugänglichen Bilddatenbank. Ich hatte Laura also nie gesehen. Sie oder wer auch immer sich hinter Laura verbarg, hatte die Fotos einfach heruntergeladen.

„Gut, den Weg können wir vergessen. Bei Facebook nachfragen, von welcher IP-Adresse aus das Laura-Profil angelegt wurde, können wir uns auch ersparen. Laurateufel war sicher gescheit genug, ein Internetcafé oder öffentliches WLAN zu benutzen. Zahl mal 50 Euro ein. Dann schauen wir, was passiert."

Am nächsten Morgen überwies ich Laura Devil 50 Euro und schickte ihr die Transaktionsnummer via Facebook.

Zwei Tage hörte ich nichts. Ich hoffte, damit sei die Sache erledigt und sie würde mich nicht nackt im Netz bloßstellen. Dann blitzte wieder eine Nachricht auf Facebook auf.

Mit Zinsen schuldest du mir jetzt schon 150. bis morgen hast du Zeit, sonst sind die Bilder online.

Bitte, ich hab nicht so viel.

Dann leih dir was von deinem Bruder.

Warum wusste diese Kröte, dass ich einen Bruder hatte? Ich war auf Facebook nicht mal mit ihm befreundet.

„Zahl nichts mehr", sagte Lukas. „Das geht sonst immer so weiter. Außerdem glaube ich, dass Laura jemand ist, der dich kennt. Sonst wüsste sie nicht von mir. Oder er. Es könnte auch ein Mann sein."

Daran hatte ich noch gar nicht gedacht. Aber egal, ob Mann oder Frau: Ich saß in der Falle. Wenn Laura die Bilder auf Facebook verbreitete, konnte ich mich nirgendwo mehr sehen lassen. Dann konnte ich nur mehr vor Scham im Boden versinken. Die ganze Klasse würde mich auslachen.

„Bitte Lukas, einmal noch. Ich zahl dir alles zurück. Sobald ich kann."

„Geh zur Polizei, David. Das ist Erpressung, was die macht."

Ich schüttelte den Kopf. Unmöglich. Irgendwoher würde ich das Geld schon kriegen. Ich hatte ja noch etwas auf einem Sparbuch, wenn auch nicht viel.

Am nächsten Morgen packte mich Zoe in der ersten Pause heftig am Arm. „So, jetzt redest du mit mir, oder ich seh dich nie wieder an. Was ist los?"

„Was soll los sein?", fragte ich so beiläufig wie möglich. „Es läuft grad nicht so rund."

„Es läuft nicht", äffte sie mich nach. „Ich glaube, du sitzt tief in der Scheiße. Wenn man dich anredet, hörst du's die halbe Zeit nicht. Wenn dich ein Lehrer was fragt, hat man das Gefühl, du weiß nicht mal, wo du gerade bist. Du benimmst dich wie ein Zombie, David. Raus mit der Sprache."

Es läutete. „Nach dem Unterricht, Zoe, okay?"

Zoe nickte. Brettschneider betrat die Klasse und teilte die Hefte der letzten Deutsch-Schularbeit aus. „Genügend.“ Manno. Sonst pendelte ich zwischen eins und zwei. Alles ging schief. Und ich wusste nicht, wie ich diesen Lauf stoppen sollte. Ich legte den Kopf auf meine Arme und stellte mich tot.

Irgendwie ging die Stunde vorbei. Dann läutete es wieder. Ich stand auf wie ein Roboter und ging am pfeifenden Dominik vorbei, der noch seine Schularbeit korrigierte.

„Du schaust echt scheiße aus, Dav“, sagte er und zwinkerte mir zu. „Du wirst bei Zoe bald keinen Auftrag mehr haben.“ Ich blieb stehen und suchte nach einer Antwort. Da sah ich ein rot angestrichenes Wort auf der rechten Seite des Schularbeitsheftes. Dominik korrigierte es gerade. „Erwiederte“ … Das lange „ie“ hatte ich wo gelesen. Und plötzlich wusste ich es.

„Laura“, sagte ich und lauschte dem Wort nach, als spräche es jemand anderer. Dominik riss den Kopf überrascht in die Höhe. Kurz blitzte der Schreck des Ertappten in seinen Augen auf. Dann begann er ganz langsam zu grinsen und zog dabei den rechten Mundwinkel nach oben wie ein Schmierenkomödiant.

Danach ging alles sehr schnell. Ich riss Dominik an seinem Sweater hoch und schlug zu. Immer wieder. Ich prügelte meine ganze Angst in ihn hinein. Das Blut war mir egal. Alles war in diesem Augenblick egal.

Kurz darauf zog mich jemand weg. Erst als ich Zoe spürte, atmete ich aus.

Das war heute Vormittag. Ich habe noch immer das Gefühl, als hätte ich einen Marathon hinter mir, so erschöpft fühle ich mich. „Morgen wissen es alle, du Opfer“, hatte Dominik geschrien, als ich meine Tasche gepackt hatte und wortlos gegangen war.

Ich habe keine Ahnung, was ich tun soll. Die Fotos sind immer noch irgendwo. Sie haben ein ewiges Leben. Und bald stehen sie im Netz. Sichtbar für alle. Auch für Zoe.

Autoren

Christian David ist kein guter Mensch, sondern ein echter Wiener, und musste viele Schulen besuchen, bevor er studierte und Doktor wurde. Im Übrigen findet er alles Fiktive, ob Literatur, TV-Serien oder Computergames, besser als die Realität.

Marlene Faro, Journalistin und Buchautorin, lebt in Wien und im Salzkammergut und ist Fan von Agatha Christie. Sie fürchtet sich seit ihrer Kindheit (peinlicherweise) vor Clowns und liebt Gruselgeschichten, die von schottischen Schlössern erzählen.

Petra Hartlieb wurde 1967 in München geboren und ist in Oberösterreich aufgewachsen. Sie studierte in Wien Psychologie und Geschichte und arbeitete danach als Pressefrau und Literaturkritikerin in Wien und Hamburg. Seit 2004 betreibt sie mit ihrem Mann eine Buchhandlung in Wien. Gemeinsam mit Claus-Ulrich Bielefeld schrieb sie eine Krimireihe, die im Diogenes-Verlag erschien. 2014 erschien ihr autobiographischer Roman „Meine wundervolle Buchhandlung" im Dumont Verlag.

Beate Maxian ist eine erfolgreiche österreichische Schriftstellerin. Die Frage, die ihr oft gestellt wird: „Fürchtet man sich als Krimiautorin vor irgendetwas?" Die Antwort: Ja, es gibt vieles, wovor sie sich fürchtet. Zum Beispiel würde sie niemals nachts durch den Wald laufen, so wie die Helden in ihrer Geschichte in diesem Buch.
www.maxian.at

© Michael Maritsch

Günter Neuwirth wuchs in Wien auf. Heute wohnt der Autor am Waldrand der steirischen Koralpe. Seine Arbeit besteht darin, in seinem Garten Kürbisse, Äpfel und spannende Literatur zu ernten.
www.guenterneuwirth.at

Robert Preis, geb. 1972 in Graz, schreibt sich mit seinen Krimis die Albträume von der Seele. Ihm geht's mit jedem Buch besser. Dem Leser auch?
www.robertpreis.com

Eva Rossmann, Verfassungsjuristin, Journalistin, Autorin, Köchin und ORF-Moderatorin. In ihrer Krimiserie rund um die Wiener Journalistin Mira Valensky und ihre bosnischstämmige Putzfrau und Freundin Vesna Krajner geht es um das, was hinter den Hochglanzfassaden unserer Konsumwelt lauert.
www.evarossmann.at

Erich Weidinger ist am Attersee aufgewachsen. Nach der Grundschule und einer Friseurlehre absolvierte er eine pädagogische Ausbildung.

In Linz arbeitete er mit gehörlosen und schwerhörigen Kindern und Jugendlichen, und in Vorarlberg in einem heilpädagogischen Zentrum für verhaltensauffällige Kinder und Jugendliche.
www.erich-weidinger.at

Susanne Wiegele, aufgewachsen in Kärnten, lebt seit über 30 Jahren in Wien. Quält am Vormittag in der Schule größere Kinder mit so widerlichen Dingen wie Rechnungswesen und Betriebswirtschaft. Fürchtet sich vor nichts – außer vor Spinnen. Und ja, auch wenn diese nur 2 mm groß sind. Schreibt am Küchentisch sitzend, beobachtet von eins bis vier Katzen. Nichts, was sie schreibt, gefällt ihnen, wahrscheinlich weil keine Katzen vorkommen.
susannewiegelewriting.blogspot.com

Franz Zeller mordet normalerweise in Salzburg, nebenberuflich und nur auf Papier, als Ausgleich zum Job als Wissenschaftsjournalist im ORF-Radio (Ö1). Seine Bücher sind u. a. bei Pendragon und Droemer-Knaur erschienen. www.franzzeller.at

Laurin hat nur drei Versuche, sich aus den Fängen des fiesen Tschack und seiner Gang zu befreien, Simons Reise nach Sanzibar endet in einer gefährlichen Schnitzeljagd, während Paula im Zug nach Wien nur Sekunden hat, um einer fatalen Falle zu entkommen. Und dass Liebe auch riskante Nebenwirkungen haben kann, merken Max und Sara spätestens auf dem Schulskikurs …

9 rasante Kurz-Krimis von den Größen der österreichischen Krimi-Szene:
Koytek&Stein, Lena Avanzini, Anni Bürkl, Beate Maxian, Ernst Schmid, Jutta Siorpaes, Herbert Dutzler, Leo Zimnitz und Erich Weidinger.

Erich Weidinger (Hsg.)
Schneller als die Angst
9 rasante Kurzkrimis

ISBN 978 385197 706 6
Format: 13,5 x 21,4 cm
144 Seiten | gebunden
Euro (A/D) 12,95 | CHF 23,50

auch als e-book

Bibliografische Information der Deutschen Nationalbibliothek
Die Deutsche Nationalbibliothek verzeichnet diese Publikation
der Deutschen Nationalbibliografie;
detaillierte bibliografische Daten sind im Internet
unter http://dnb.d-nb.de abrufbar.

Neue Rechtschreibung

Coverfoto: photocase.com@madochab.com
Cover: Heike Ossenkop, www.hopinxit.ch
Satz: Barbara Herrmann, Freiburg i. Br.
Druck und Bindung: Druckerei Theiss, A-9431 St. Stefan
ISBN 978-3-85197-807-0

www.obelisk-verlag.at